GOLDMANN

Buch

Nach dem plötzlichen Tod ihrer Eltern steht die junge Nolita allein und nahezu mittellos da. Lady Katherine, ihre Tante, ist nicht geneigt, sie bei sich aufzunehmen. Sie vermittelt Nolita als Gouvernante nach Sarle-Park. Dort soll sie sich um die reiche, verzogene Bettine kümmern, eine elfjährige Halbwaise. Nolita, die zunächst äußerst unglücklich ist und sich in dem großen Herrensitz nicht wohl fühlt, gewinnt allmählich das Herz der kleinen Bettine. Auch der junge, verwitwete Marquis of Sarle fühlt sich von der bezaubernden Nolita angezogen. Aber erst eine dramatische Entführung Bettines und eine ungerechtfertigte Anschuldigung ihrer Großmutter, die Nolita zur sofortigen Abreise von Sarle-Park zwingt, läßt drei Menschen erkennen, daß sie sich lieben und für immer zusammenbleiben wollen: Nach einer für alle aufregenden Zeit darf der Marquis Nolita und sein Töchterchen glücklich in die Arme schließen . . .

Autorin

Barbara Cartland ist Historikerin, Bühnenschriftstellerin und Dozentin. Neben ihren vielen romantischen Liebesromanen hat sie auch eine Anzahl historischer und biographischer Werke veröffentlicht. Durch die Heirat ihrer Enkelin Di mit dem englischen Thronfolger Prinz Charles rückte Barbara Cartland noch stärker in den Blickpunkt der Öffentlichkeit.

Von Barbara Cartland
liegen als Goldmann-Taschenbücher außerdem vor:

Auf den Flügeln der Liebe (6603) · Botin der Liebe (9420) · Das Herz einer Frau (6708) · Der blaue Saphir (9446) · Der griechische Prinz (6755) · Die schöne Reiterin (9597) · Die schöne Witwe (9396) · Drache und Diamant (6668) · Ein Lord aus Schottland (6828) · Ein spanischer Traum (9233) · Fesseln der Liebe (6641) · Glück am sicheren Faden (8359) · Glück unter der Zirkuskuppel (9638) · Herrin der Liebe (6723) · Inkognito in Monte Carlo (6632) · Keine Zeit für Zärtlichkeit (8827) · Dem König versprochen (9103) · Königliche Liebe (9727) · Liebe kennt keine Grenzen (8925) · Liebestraum (8628) · Melodie der Liebe (8395) · Schiff der Versuchung (6850) · Sonne im Herzen (8861) · Spiel der Herzen (6780) · Stern des Westens (8506) · Tanz weiter, mein Herz (8996) · Teuflische Machenschaften (9621) · Verlangen des Herzens (8958) · Wenn die Heide blüht (9134) · Wer die Leidenschaft flieht (9198)

BARBARA

CARTLAND

Das ferne Schloß

Deutsche
Erstveröffentlichung

Aus dem Englischen
von Rosemarie Hundertmarck

GOLDMANN VERLAG

Titel der Originalausgabe: Little White Doves of Love
Originalverlag: Pan Pooks Ltd., London

Der Goldmann Verlag
ist ein Unternehmen der Verlagsgruppe Bertelsmann

Made in Germany · 2/90 · 4. Auflage

Umschlagentwurf: Design Team München
Umschlagillustration: Norma, Barcelona
Satz: Fotosatz Glücker, Würzburg
Druck: Elsnerdruck, Berlin
Verlagsnummer: 8472
Lektorat: Annemarie Bruhns/SK
Herstellung: Gisela Ernst/AS
ISBN 3-442-08472-5

Anmerkung der Verfasserin

Tauben sind immer auf die eine oder andere Weise mit der Religion und der Mythologie verbunden gewesen.

Die Athener hatten einen Tempel der Aphrodite Pandemos (»allen Volkes«), der durch ein Taubenopfer gereinigt wurde.

In Haiti sah ich eine Voodoo-Zeremonie, bei der die Oberpriesterin zwei weiße Tauben opferte.

Die Taube ist natürlich auch ein Sinnbild der Reinheit, der Liebe und in diesem Buch des Gebetes.

Das Wort »Kidnapping« wurde ursprünglich 1680 geprägt und bezeichnete das damals vorherrschende Verfahren, Kinder zu stehlen und in die Knechtschaft auf britische Plantagen nach Amerika zu schicken.

In europäischen Ländern bestand das »Kidnapping« meistens darin, Soldaten oder Seeleute zum Militärdienst zu pressen. Bei der christlichen Seefahrt nannte man diese Praxis auch »Schanghaien«. Sie florierte in Hafenstädten der ganzen Welt, wo die Besitzer von Herbergen, Bordellen und Kneipen ihre eigenen Kunden zu Opfern machten.

Erst Ende der zwanziger und in den dreißiger Jahren häuften sich in den Vereinigten Staaten von Amerika Fälle, bei denen reiche Leute oder deren Kinder von Verbrechern entführt und für Lösegeld festgehalten wurden. Aber vorgekommen ist so etwas auch schon Ende des letzten Jahrhunderts.

1. Kapitel

1883

»Du weißt ganz genau, daß dein Vater nicht mehr Geld hinterlassen hat?« fragte Lady Katherine Kennington scharf.

»Ich fürchte ... das ist alles ... ausgenommen natürlich das Haus.«

Lady Katherine blickte verächtlich ringsum.

»Ich kann mir nicht vorstellen, daß dies viel bringen wird, selbst wenn du jemanden finden solltest, der bereit wäre, es zu kaufen.«

Sie hielt inne, betrachtete das Gesicht ihrer Nichte und setzte noch geringschätziger hinzu: »Ich habe nie verstanden, warum dein Vater – und ich nehme an, mit Billigung deiner Mutter – in einem solchen Loch zu leben wünschte.«

»Sie sind sehr ... glücklich hier gewesen«, antwortete Nolita Walford.

Sie sprach mit einem weichen, melodischen, ziemlich verängstigten Stimmchen, ganz im Gegensatz zu dem entschiedenen, selbstsicheren Ton ihrer Tante.

Nolita gelang es mit ihrem demütigen Verhalten nicht, Lady Katherines ziemlich aggressives Verhalten zu beschwichtigen. Denn ihre Tante sah sich zu ihrem Ärger einem Problem gegenüber, das ihr beträchtliche Unbequemlichkeiten bereiten würde.

Sie ging durch das kleine, aber gemütliche Wohnzimmer mit seinem abgetretenen Teppich und den verblaßten Vorhängen zum Fenster und blickte auf den Garten hinaus, der ein Meer von Blumen und überraschenderweise sorgsam gepflegt war.

»Hast du schon über deine Zukunft nachgedacht, Nolita?« verlangte sie zu wissen.

»Ich habe mich gefragt, Tante Katherine ... ob ich nicht ... hierbleiben könnte.«

»Allein und ohne Anstandsdame?« erregte sich Lady Katherine. »Dem kann ich doch unmöglich zustimmen!«

»Johnson, seine Frau und ich würden mit den hundert Pfund im Jahr auskommen ... die mir übrigbleiben ... wenn alle Rechnungen bezahlt sind.«

»Mein liebes Kind, du magst dumm sein, aber so dumm nun doch wieder nicht, daß du glaubst, als meine Nichte und natürlich als Nichte deines Onkels Robert könntest du in deinem Alter hier allein leben.«

»Wie alt müßte ich ... denn sein, Tante Katherine ... um das zu dürfen?«

»Sehr viel älter, als du jetzt bist!« fuhr Lady Katherine sie an. »Und bis dahin – wer weiß? – hast du vielleicht einen Mann gefunden.«

Lady Katherine sagte es auf eine Art, die ganz deutlich machte, daß sie es für unwahrscheinlich hielt, und Nolita fragte sich selbst kläglich, wer wohl eine Frau ohne gesellschaftlichen Einfluß haben wolle, die nichts als ein paar hochadlige Verwandte besaß und durch hundert Pfund im Jahr vor dem Verhungern geschützt war.

Schon bevor ihre Tante zur Beerdigung eintraf, hatte sie gewußt, daß man sie wie eine »arme Verwandte« behandeln würde. Oft genug hatte ihre Mutter lachend gesagt, daß sie das für ihre Familie sei.

»Deine Großeltern und natürlich meine Schwestern und mein Bruder waren entsetzt«, erzählte sie ihrer Tochter, »daß ich einen so armen und unbedeutenden Mann wie deinen Vater heiraten wollte. Aber, mein Schatz, ich hatte mich auf den ersten Blick in ihn verliebt!«

»Wahrscheinlich, weil Papa in seiner Regimentsuniform so schneidig aussah«, hatte Nolita einmal gesagt.

»Er war der schönste Mann, den ich je gesehen hatte«, erwiderte ihre Mutter leise. »Natürlich konnte er sich als Soldat keine Frau leisten. Deshalb verließ er die Grenadier-Garde, und er hat immer geschworen, das nie bereut zu haben.«

»Und ich bin überzeugt, daß es stimmt, Mama. Aber ihr hättet nicht so arm zu sein brauchen, wenn dein Vater freundlicher gewesen wäre. Schließlich war er als Earl of Lowestoft doch ein sehr reicher Mann.«

Ihre Mutter lachte.

»In englischen Adelsfamilien geht das Geld immer an den ältesten Sohn, und das war mein Bruder Robert. Von den Mädchen erwartet man, daß sie sich einen reichen Mann suchen.«

Doch Geld hatte nie eine Rolle gespielt, dachte Nolita jetzt. Das Haus war stets voll Sonnenschein und Lachen gewesen, und sie konnte sich keine zwei glücklicheren Menschen vorstellen als ihren Vater und ihre Mutter.

Ihr einziger Trost war, daß sie gemeinsam den Tod gefunden hatten. An einem dunklen Abend war das erst halb gezähmte Pferd, das ihr Vater lenkte, auf einem Bahnübergang in einen Zug gelaufen, als sie von einer Dinnergesellschaft nach Hause fuhren.

Für Nolita war es, als habe ihre ganze Welt ein Ende gefunden. Schon als sie sich pflichtschuldig hingesetzt und dem Bruder und den Schwestern ihrer Mutter geschrieben hatte, wann die Beerdigung stattfinden sollte, hatte sie gewußt, daß es Schwierigkeiten geben werde.

Lady Katherine war dann als einzige persönlich gekommen, aber der Earl of Lowestoft, ihr Bruder, hatte einen Kranz geschickt, und Lady Anne Brora, ihre Schwester, ebenfalls. Beide schrieben, sie seien verhindert, an der Beerdigung teilzunehmen, und Nolita konnte nicht umhin zu wünschen, sie hätte von ihrer Tante Katherine die gleiche Nachricht erhalten.

Aber sie war gekommen, und sie war immer noch hier, obwohl die anderen Trauergäste längst gegangen waren. Nolita konnte sich denken, daß sie ihr etwas Unangenehmes zu sagen hatte.

Was habe ich mit einer so eleganten Frau, die in einer mir fremden Welt lebt, gemeinsam, fragte Nolita sich.

Daß Lady Katherine die neueste und teuerste Mode trug, daß sie eine anerkannte Schönheit war, daß die Modeblätter regelmäßig ihr Bild brachten und sie als eine der bezauberndsten Stützen der Londoner Gesellschaft bezeichneten, verstärkte ihre furchteinflößende Wirkung nur noch.

Wenn sie durch das Wohnzimmer ging, nahm Nolita einen exotischen Duft wahr, und das Rascheln der seidenen Röcke gab

Lady Katherine eine Aura von Extravaganz und großer Welt. Nolita hatte so etwas noch nie erlebt.

Die durchs Fenster fallenden Sonnenstrahlen glitzerten auf den Diamanten, die ihre Perlenohrringe umgaben, und auf den Ringen, die sie an ihren schlanken weißen Fingern trug.

Sie ist sehr schön, dachte Nolita, aber sie jagt mir Angst ein. Ich verstehe, warum Mama von zu Hause weggelaufen ist und nur mit Papa glücklich sein konnte.

»Ich habe über deine schwierige Situation nachgedacht«, sagte Lady Katherine, »und tatsächlich ist mir eine Lösung eingefallen, schon bevor ich hierherkam.«

»Und was ... ist das?« fragte Nolita. Sie vermutete, daß man ihr in dieser Sache kein Mitspracherecht zugestehen werde.

»Zuerst möchte ich klarstellen, daß weder ich noch deine Tante Anne in der Lage sind, dich auf Bälle zu begleiten oder in die Gesellschaft einzuführen.«

Nolita sagte nichts dazu, und Lady Katherine fuhr fort.

»Zunächst einmal wäre es lächerlich, würde ich mit einem jungen Mädchen im Schlepptau herumziehen, und ich versichere dir, mit fünfunddreißig habe ich nicht die Absicht, bei Bällen zusammen mit den älteren Damen auf der Estrade zu sitzen.«

Sie war neununddreißig, wie sie beide wußten, aber Nolita hatte nicht die geringste Lust, sie darauf hinzuweisen.

»Deine Tante Anne wird wieder im Ausland leben, denn ihr Mann ist zum Botschafter in Paris ernannt worden, und das ist ganz gewiß kein Ort für ein so junges Mädchen, wie du es bist.«

»Wäre es nicht ... vielleicht möglich«, fiel Nolita ein, bevor ihre Tante weitersprechen konnte, »daß ich ... eine ehrbare Person finde, die hier mit mir lebt? Es muß doch eine ... nicht mehr beruftstätige Gouvernante ... oder eine in beschränkten Verhältnissen lebende Dame geben, die ... sich freuen würde, ein Dach über dem Kopf zu haben.«

»Du wirst kaum eine finden«, behauptete Lady Katherine, »aber ein Posten als Gouvernante ist etwas Ähnliches wie das, was ich für dich im Sinn habe.«

»Ich soll ... Gouvernante werden?« fragte Nolita.

»Nicht genau das. Ich habe eine Freundin, die verwitwete

Marquise of Sarle, die mich erst vorige Woche in einem Brief fragte, ob ich nicht eine Gesellschafterin für ihre Enkelin wüßte.«

»Eine ... Gesellschafterin?« murmelte Nolita.

»Hör auf, so albern zu wiederholen, was ich gesagt habe«, rügte Lady Katherine. »Ich versuche dir zu erklären, daß es sich um eine einmalige Gelegenheit handelt. In meinen Augen ist es eine ideal für dich geeignete Stellung, wenn du nur Verstand genug besitzt, sie zu halten.«

Wieder zeigte ihr Ton, daß sie das für unwahrscheinlich hielt.

»Die einzige Schwierigkeit ist, daß du zu jung wirkst. Niemand würde glauben, daß du schon achtzehn bist.«

»Ich werde doch ... auch älter«, wagte Nolita einzuwerfen.

»Ich bezweifele, ob du noch wächst, obwohl du dies dumme Babygesicht wohl verlieren wirst.«

Nolita schwieg.

Einen der Gründe, warum ihre Tante so unfreundlich mit ihr sprach, konnte sie sich denken. Das Aussehen ihrer Nichte mußte Lady Katherine, als sie zur Beerdigung eintraf, überrascht haben.

Nolita sah ihrer Mutter ähnlich, und deshalb wußte sie, daß sie zumindest hübsch aussah, wenn nicht sogar, wie ihr Vater immer behauptet hatte, schön. Da mochte ihre Tante andeuten, was sie wollte.

»Es ist ein Privileg«, hatte er noch in der Woche vor seinem Tod erklärt, »sich mit zwei der liebreizendsten Frauen, die sich in ganz England finden lassen, zu Tisch setzen zu dürfen.«

»Du schmeichelst uns, Liebster«, hatte ihre Mutter erwidert, »aber mir gefällt es, deshalb fahre nur fort, so hübsche Dinge zu sagen.«

»Ich habe in dem Augenblick, als ich dich zum erstenmal sah, mein Herz an dich verloren«, sagte Captain Walford zu seiner Frau. »Seitdem bist du mit jedem Tag, den du älter geworden bist, schöner geworden, und ich denke, bei Nolita wird es ebenso sein.«

»Dazu ist noch viel Zeit«, lächelte ihre Mutter, »aber ich freue mich, eine so schöne Tochter zu haben. Ich bin sehr, sehr stolz auf sie!«

Der Ausdruck in den Augen ihrer Tante hatte Nolita gleich bei der Begrüßung verraten, daß das Aussehen ihrer Nichte sie gar nicht freute.

Tante Katherine war immer noch schön, aber anders als ihre Mutter hatte sie verräterische Altersfältchen um Augen und Mund. Vielleicht lag es daran, dachte Nolita.

»Nichtsdestotrotz«, erklärte Lady Katherine, »ist es für dich die Chance deines Lebens, zu der Enkelin der Marquise zu kommen. Denn sie gehört nicht nur zu der Sarle-Familie, von der du, wie ich annehme, selbst in diesem verlassenen Nest gehört hast, sie ist auch noch eine reiche Erbin.«

»Wie alt ist sie?« erkundigte Nolita sich.

»Ich glaube, sie wird bald zwölf. Ihre Großmutter sagte zu mir: ›Sie braucht eine gebildetere und kultiviertere Person um sich als die Gouvernanten, die man kaum als Damen bezeichnen kann.‹«

»Aber Tante Katherine, ich bin doch ... ziemlich alt als Gesellschafterin eines Kindes von zwölf«, meinte Nolita zögernd.

»Gerade deshalb wirst du Autorität über sie haben«, antwortete Lady Katherine. »Ich denke mir, daß sie Lehrer haben wird. Deine Pflicht wird es sein, sie zu leiten und zu beeinflussen.«

Nolita mußte zweifelnd dreingeblickt haben, denn Lady Katherine fuhr ärgerlich auf.

»Oh, benutze deinen Verstand! Ich weiß genau, was die Marquise wünscht. Offenbar ist es ein schwieriges Kind, und Millicent Sarle ist die letzte, die ihre Zeit mit einer schwierigen Enkelin verschwenden möchte.«

»Ist ihre Mutter tot?« fragte Nolita.

»Sie ist schon vor Jahren gestorben und hinterließ diesem lästigen Mädchen ein ungeheures Vermögen, das von Jahr zu Jahr weiter anwächst. Ich habe oft zu der Marquise gesagt, es ist ein Jammer, daß kein Sohn da ist, der den Titel erben könnte.«

»Ihr Vater lebt noch?«

»Natürlich! Himmel! Liest du niemals Zeitung? Ihr habt euch wohl keine leisten können.«

Nolita schoß das Blut ins Gesicht.

Sie konnte ihrer Tante nicht gut sagen, daß weder ihr Vater

noch ihre Mutter auch nur im geringsten an den Hofnachrichten oder den Schilderungen der Bälle und Gesellschaften, die in London stattfanden, interessiert gewesen seien.

Wenn die Zeitung kam, hatte sich ihr Vater für gewöhnlich dem Sportteil zugewandt, und sie alle hatten sich in die Berichte über die Pferderennen vertieft.

Jeder Penny, den sie sparen konnten, war auf den Kauf von Pferden verwendet worden, die ihr Vater trainiert und mit Gewinn wieder verkauft hatte.

Das war der einzige Weg gewesen, ihr kleines Einkommen aufzubessern.

Manchmal, wenn ihr Vater Erfolg gehabt hatte, waren sie sich reich vorgekommen. Er hatte Geschenke und neue Kleider für seine Frau und seine Tochter gekauft, es hatte besondere Leckerbissen und ganz gelegentlich auch eine Flasche Champagner gegeben.

Ein solches Leben hätte ihre Tante bestimmt entsetzt, und doch hatten sie so viel Spaß gehabt.

Plötzlich fiel Nolita ein, wo sie von dem Marquis of Sarle gehört hatte und warum, als ihre Tante seinen Namen nannte, er ihr bekannt vorgekommen war.

Natürlich besaß er Rennpferde, und ihr Vater hatte ihn vor einem Jahr auf einem in der Nähe gelegenen Rennplatz erwähnt.

»Das ist der Favorit«, hatte er gesagt und auf ein prachtvolles Tier gezeigt. »Er gehört dem Marquis of Sarle, aber ich glaube nicht, daß er siegen wird.«

»Warum nicht, Papa?«

»Ich setze eher auf den Außenseiter, und wenn er als Erster durchs Ziel geht, wird uns das viel Geld einbringen.«

»Bitte, Liebster«, hatte Nolitas Mutter gesagt, »riskiere nicht zuviel. Du weißt, wie knapp wir zur Zeit dran sind.«

Ihr Vater war jedoch seiner »Ahnung«, wie er es nannte, gefolgt, und der Außenseiter hatte gesiegt. Bis zu diesem Augenblick hatte Nolita nie mehr an den Favoriten gedacht, der Dritter geworden war.

»Du brauchst nichts anderes zu tun«, erklärte ihre Tante, »als dich bei dem Kind beliebt zu machen und es bei guter Laune zu halten, und wer weiß, was sie für dich in Zukunft tun kann.«

Neid schwang in ihrer Stimme mit, als sie fortfuhr.

»Neulich sagte irgendwer, der Besitz ihres Großvaters, den sie zusätzlich zu dem ihrer Mutter erben wird, gehöre zu den größten Vermögen Amerikas.«

»War ihre Mutter Amerikanerin?« fragte Nolita.

»Das erzähle ich dir doch die ganze Zeit!« gab Lady Katherine zurück. »Sie heiratete sehr jung, und natürlich war sie wie alle Amerikanerinnen entzückt, wenn es ihnen gelingt, sich in die britische Aristokratie einzukaufen.«

»Ich dachte, der Marquis sei reich.«

»Das ist er auch, aber wer hat je genug Geld?« meinte Lady Katherine ungeduldig. »Jedenfalls hat der Marquis von ihren Dollars profitiert, und ebenso sein Gut in Buckinghamshire, wo du leben wirst.«

Nolita holte Atem.

»Bitte ... Tante Katherine ... ich möchte dich nicht erzürnen, aber ... viel lieber ginge ich nicht ... dorthin.«

»Warum nicht?«

»Ich habe nie viel mit Kindern zu tun gehabt, und wenn ich Gouvernante oder Kindermädchen werden soll, würde ich kleine Kinder von zwei oder drei Jahren vorziehen.«

»Ich hätte mir denken können, daß du dich als ebenso überspannt und töricht erweisen würdest wie deine Mutter, als sie auf diese alberne Art durchbrannte!« schimpfte Lady Katherine. »Will es nicht in deinen Kopf hinein, daß ich dich als meine Nichte nicht in eine untergeordnete Stellung schicken kann?«

Sie schien nicht besonders stolz auf die Verwandtschaft zu sein.

»Es handelt sich hier nicht um einen Posten als Gouvernante oder Kindermädchen. Du wirst lediglich mit dem Kind zusammen sein, weil du mit einer distinguierten Familie verwandt bist. Es ist eine wunderbare Gelegenheit, wenn du sie nur auszunützen verstehst – und sie mag niemals wiederkehren.«

Nolita wollte sagen, daß sie nicht den Wunsch habe, irgend etwas oder irgend jemand auszunützen, doch bevor sie sprechen konnte, fuhr Lady Katherine fort.

»Spar dir die Widerworte, Nolita. Deine Mutter und dein

Vater sind beide tot. Dein Onkel Robert ist jetzt dein offizieller Vormund, und du hast zu tun, was er sagt. Er hat die Sache mir übergeben, und du wirst mir gehorchen.«

Sie nahm ihre schwarzen Handschuhe von einer Sessellehne, wo sie sie beim Betreten des Zimmers abgelegt hatte, und streifte sie über.

»Ich fahre jetzt nach London zurück, und obwohl es eine außerordentliche Unbequemlichkeit für mich darstellt, werde ich dir wohl für übermorgen einen meiner Wagen schicken müssen. Das läßt dir Zeit, alles zu ordnen und an Kleidern einzupakken, was du besitzt.«

Sie musterte ihre Nichte von oben bis unten.

»Wenn das dein bestes Kleid ist, bleibt mir nichts übrig, als dir etwas Anständiges zum Anziehen zu besorgen, bevor du nach Sarle-Park gehst.«

Sie schloß den letzten der Perlenknöpfe an ihren Wildlederhandschuhen.

»Für eine Nacht wirst du bei mir in London bleiben. Ich werde die Marquise bitten, dich am nächsten Tag abholen zu lassen. Ich habe ihr bereits von dir erzählt, und ich rechne damit, heute abend, wenn ich nach Hause komme, einen Brief von ihr vorzufinden, in dem sie mir ihre Zufriedenheit ausdrückt.«

Lady Katherine knöpfte den zweiten Handschuh zu. Dann fragte sie scharf: »Ist das soweit klar?«

»Ja ... Tante Katherine.«

»Mit diesem Haus kannst du tun, was du willst. Ich persönlich würde es einstürzen lassen. Ich kann mir nicht vorstellen, daß es irgend etwas enthält, das es wert ist, aufgehoben zu werden.«

Lady Katherine hatte weiter nichts mehr zu sagen. Sie ging zur Tür und wartete, bis Nolita herbeieilte und sie für sie öffnete.

Sie trat auf den kleinen Flur, blickte mit Abscheu um sich und begab sich, als könne sie nicht schnell genug wegkommen, zu ihrem bequemen Reisewagen, der, bespannt mit zwei edlen Pferden, draußen wartete. Einen Augenblick hielt sie noch inne.

»Auf Wiedersehen, Nolita. Tu genau, was ich dir gesagt habe, und sei fertig, wenn der Wagen am Donnerstag kommt. Du darfst die Pferde nicht warten lassen.«

»Nein, Tante Katherine.«

Der Diener, der einen Hut mit Kokarde trug, hielt ihr den Schlag auf.

Lady Katherine stieg ein, er schob ihr ein Seidenkissen hinter den Rücken und legte eine Decke über ihre Knie.

Der Schlag wurde geschlossen, der Diener sprang auf den Bock, der Kutscher berührte die Pferde mit seiner langen Peitsche, und fort waren sie.

Lady Katherine beugte sich nicht vor, um ihrer Nichte zuzuwinken. Nolita hatte auch nicht damit gerechnet.

Sie stand nur da und sah dem Wagen nach, bis er hinter den Büschen und Bäumen, die die gewundene Zufahrt säumten, außer Sicht geriet.

Sie ging nicht ins Haus zurück, sondern lief zum Stall, einem langen, niedrigen Gebäude, das überraschenderweise in besserem Zustand war als das reparaturbedürftige Wohnhaus.

Der gepflasterte Hof war frei von Unkraut und mit Wasser besprengt, und die Mauern waren etwas unfachmännisch gelb gestrichen.

Nolita rannte auf die Stalltür zu, und schon hörte sie das Wiehern eines Pferdes und das Stampfen von Hufen.

In einer Sekunde hatte sie die Stalltür geöffnet und war eingetreten. Das Pferd rieb die Nase an ihrer Schulter, und sie schlang die Arme um seinen Hals.

»O ... Eros ...Eros!« Ihre Stimme brach. »Ich muß ... weg. Was soll ich nur ... ohne dich ... anfangen?«

Tränen liefen ihr übers Gesicht.

Schritte erklangen hinter ihr, aber sie drehte sich nicht um. Sie wußte, es war nur der alte Johnson, der für ihres Vaters Pferde gesorgt hatte und immer wie einer von der Familie gewesen war.

Er kam heran und stellte sich neben sie.

»Was hat Ihre Ladyschaft zu Ihnen gesagt, Miß?«

»Was meinen Sie wohl?« antwortete Nolita niedergeschlagen. »Ich muß ... weg von hier.«

»Das habe ich befürchtet, Miß.«

»Ja, ich weiß. Sie hatte schon alles arrangiert, bevor sie herkam. O Johnson ... was soll ich nur tun?«

»Sie können nicht viel tun, Miß Nolita, weil Sie noch keine einundzwanzig sind.«

»Noch drei Jahre«, flüsterte Nolita. »Drei Jahre ... ohne ... Eros.«

»Vielleicht wird es nicht so schlimm, wie Sie denken«, beruhigte Johnson sie, »wenn ich an Ihrer Stelle nach ihm sehen darf.«

Wie ein Ruck ging es durch Nolita. Sie hob ihr tränennasses Gesicht, das sie an Eros' Hals geschmiegt hatte.

»Würden Sie ... würden Sie das tun? Würden Sie ... das wirklich tun?«

»Natürlich, Miß, wenn Sie es möchten. Das ist nur eine Geldfrage.«

»Könnten Sie und Mrs. Johnson mit hundert Pfund im Jahr auskommen, wenn Sie hierblieben?«

Johnson überlegte. Er war kein impulsiver Mann und dachte seiner Veranlagung nach langsam.

»Hundert Pfund im Jahr wären zwei Pfund die Woche, Miß Nolita. Ich würde Gemüse im Garten ziehen, und dann hätten wir die Hühner und die Kaninchen. Jawohl, Miß. Wir könnten davon leben, und Eros bekäme im Winter seinen Hafer.«

Nolita stieß einen leisen Freudenschrei aus.

»O Johnson, ich danke Ihnen! Ich danke Ihnen! Einen schrecklichen Augenblick lang fürchtete ich, Eros verkaufen zu müssen. Ich glaube, ich würde sterben, wenn ich ihn weggeben müßte!«

»Aber, Miß Nolita, so dürfen Sie nicht reden. Sie sind jung. Sie haben Ihr Leben noch vor sich, und Sie sind hübsch! Wie ich erst heute morgen zu meiner Frau sagte – früher oder später wird ein Gentleman des Weges kommen, merken Sie sich meine Worte!«

»Ich will keinen Gentleman«, antwortete Nolita. »Ich will nichts weiter als Eros – und mit ihm und Ihnen hierbleiben.«

»Ich vermute, da hat Ihre Ladyschaft ein Wörtchen mitzureden«, bemerkte Johnson.

»Ich habe ihr gegenüber nicht einmal erwähnt, daß Eros existiert«, gestand Nolita. »Denn sonst hätte sie bestimmt gesagt, er gehöre nicht mir, sondern Papa und müsse ebenso verkauft werden wie die anderen Pferde.«

»Die Pferde werden mir fehlen, Miß Nolita. Sie haben mir manchmal viel Mühe und Arbeit gemacht, aber sie werden mir fehlen.«

»Eros bleibt Ihnen, und er ist wichtiger und edler als alle anderen Pferde zusammen!«

»Das stimmt wohl, und ich hätte mir denken können, als der Captain ihn zu Ihrem Geburtstag mitbrachte, daß er sich als das beste Pferd im ganzen Stall erweisen würde.«

»Das ist er gewiß. Bitte, Johnson, satteln Sie ihn für mich, während ich mich umziehe.«

»Sie wollen ausreiten, Miß?«

»Danach habe ich mich schon den ganzen Tag gesehnt«, seufzte Nolita. »Ich fürchtete, die Leute würden vor dem Begräbnis daran Anstoß nehmen, aber Papa hätte es verstanden.«

»Ja, das hätte er!« pflichtete Johnson ihr bei. »Der Captain hat immer gesagt: ›Es ist nichts so schlimm oder so gut, daß es nicht besser wird, wenn man beim Reiten darüber nachdenkt.‹«

Nolita traten die Tränen in die Augen, und doch lachte sie leise auf.

»Ich höre Papa das sagen, Johnson; und ich möchte jetzt reiten und nachdenken. Es werden glückliche Gedanken sein, weil Sie mein Problem gelöst haben. Ich hatte solche Angst, Sie würden hundert Pfund im Jahr für nicht ausreichend halten.«

»Ich komme schon zurecht«, erklärte Johnson ruhig.

Er holte Nolitas Damensattel herbei, und sie lief vom Stall zum Haus.

Zehn Minuten später ritt sie über die rauhen, unfruchtbaren Felder hinter den Gebäuden. Die Schwermut, die den ganzen Tag lang wie eine dichte, dunkle Wolke über ihr gehangen hatte, verflog.

Es war nicht nur das Leid um den Tod ihrer Eltern, die sie heiß geliebt hatte, sondern auch das Wissen, daß sie Eros verlassen mußte. Er hatte in ihrem Leben eine solche Bedeutung gehabt, daß es ihr fast unmöglich war, sich eine Zukunft ohne ihn vorzustellen.

Ihr Vater hatte gemeint, daß sie Gesellschaft brauche, und hatte ihr vor fünf Jahren an ihrem dreizehnten Geburtstag Eros gekauft.

Damals waren sie in einer ziemlich angespannten finanziellen Lage gewesen, denn die von Captain Walford trainierten Pferde hatten weniger Geld eingebracht, als er erwartet hatte.

Dazu kam, daß die Rennpferde, auf die er setzte – seine Frau mochte ihn noch so sehr bitten, er solle vorsichtiger sein – direkt vorm Ziel überholt wurden oder beim Sprung über einen Zaun stürzten, den sie mit Leichtigkeit hätten nehmen müssen.

Dann hatte er auf dem Pferdemarkt ein Fohlen gesehen und instinktiv erkannt, daß hier ein edles Tier für wenige Pfund angeboten wurde. Captain Walford hatte das Fohlen mit nach Hause genommen und es Nolita geschenkt, und von diesem Augenblick an war es ihr höchstes Glück und ihr größtes Entzükken gewesen.

Sie hatte Eros nicht nur darauf trainiert, daß er kam, wenn sie ihn rief, sondern ihm auch phantastische Kunststücke beigebracht.

Er konnte sich auf den Hinterbeinen aufrichten und nach der Walzermelodie tanzen, die Nolita summte; er nickte mit dem Kopf, wenn sie ihm befahl, »ja« zu sagen, und er schüttelte ihn, wenn es »nein« heißen sollte.

Jedes Jahr lehrte sie ihn neue Dinge, bis ihr Vater lachend meinte: »Er ist menschlicher als die meisten menschlichen Wesen, und bestimmt intelligenter!«

Der Gedanke daran, daß sie Eros vielleicht verlieren würde, daß sie ihn würde verkaufen müssen, hatte seit dem Tode ihrer Eltern wie ein Dolch in Nolitas Herzen gesteckt.

Sie hatte gewußt, wie wenig Geld sie besaßen, und halb und halb hatte sie sich schon darauf gefaßt gemacht, daß nach Bezahlen aller Verpflichtungen nichts übrigbleiben würde.

Glücklicherweise war der kleine Betrag, den ihr Großvater ihrer Mutter überschrieben hatte, im Wert gestiegen und brachte fast fünfzig Pfund im Jahr ein, und ihr Vater hatte das gleiche Einkommen von einem Treuhandvermögen, dessen Kapital er nicht hatte angreifen können.

Jetzt gehörte beides ihr, und wenn es auch wenig genug war, rettete es sie doch davor, sich von Eros trennen zu müssen.

Als sie an diesem Abend in dem kleinen Schlafzimmer, das sie seit ihrer Kinderzeit bewohnte, zu Bett ging, dankte sie Gott, daß sie Eros behalten durfte, und dann betete sie darum, daß sie nicht lange in Sarle-Park bleiben müsse.

»Wenn sie dort nicht mit mir zufrieden sind«, sagte sie zu sich selbst, »werden sie bald auf meine Dienste verzichten wollen. Vielleicht wird Tante Katherine dann so wütend, daß sie mir erlaubt, zu Hause zu bleiben.«

Ihr war jedoch klar, daß sie sich darauf nicht fest verlassen durfte.

Obwohl Lady Katherine nicht die geringste Lust hatte, ihre verwaiste Nichte bei sich aufzunehmen, war sie sich doch sehr bewußt, was sie der Ehre ihrer Familie schuldig war.

Nolita erinnerte sich, daß ihre Mutter oft darüber gelacht hatte, welche Sorgen es ihren Verwandten bereitete, »was die Leute sagen werden«.

»Hauptsächlich aus Sorge darum, was die Leute sagen würden, waren sie so böse, als ich mit Papa durchbrannte«, hatte sie Nolita erzählt. »Natürlich – wäre er reich und bedeutend gewesen, hätten sie es für eine sehr gute Sache gehalten. Aber er war arm und mußte sein Regiment verlassen, und so waren sie selbstverständlich gegen meine Heirat.«

»Warum machten sie sich denn Sorgen?« hatte Nolita mit weit aufgerissenen Augen gefragt, »und um welche Leute?«

»Um die Leute, die sie bewunderten, ihre Freunde und ein ganzer Kreis von Bekannten«, erklärte ihre Mutter. »Wenn du erst älter geworden bist, Nolita, wirst du feststellen, daß die Gesellschaft sich selbst mit einer großen Menge ungeschriebener Regeln und Gesetze eingezäunt hat. Manche davon sind völlig unsinnig, aber es gibt sie nun einmal.«

»Was für Regeln?«

Ihre Mutter hatte ihren Vater angesehen, der augenzwinkernd erklärt hatte:

»An erster Stelle steht natürlich das Elfte Gebot.«

»Und was ist das?« forschte Nolita.

»Laß dich nicht erwischen!«

»Also wirklich, Harry! Du darfst so etwas nicht vor dem Kind sagen!« hatte ihre Mutter ausgerufen.

»Wenn sie es nicht von mir lernt, wird sie es selbst herausfinden«, hatte ihr Vater trocken gesagt. »Sünden gelten in der Gesellschaft als Bagatellen, solange sie unter den Teppich gekehrt werden, Nolita. Schlimm ist es nur, wenn darüber gesprochen wird, und am allerschlimmsten, wenn etwas darüber in den Zeitungen erscheint!«

Nolita war damals noch zu jung gewesen, und erst später, als sie älter wurde, verstand sie, was ihr Vater gesagt hatte.

Nicht von ihren Eltern, sondern von deren Freunden erfuhr sie, daß in der Gesellschaft verheiratete Leute Liebesaffären hatten und sich niemand darüber Gedanken machte, solange sie sich diskret verhielten.

Die Affären des Prinzen von Wales waren eine unerschöpfliche Quelle des Klatsches. Nolita hatte ihn einmal bei einem Pferderennen gesehen, zu dem ihr Vater sie mitgenommen hatte, und sie hatte ihn sehr schick und attraktiv, wenn auch nicht besonders hübsch gefunden.

Er war von einer Anzahl außerordentlich schöner Frauen umringt gewesen, und auf dem Heimweg hatte Nolita unschuldig gefragt, ob Prinzessin Alexandra anwesend gewesen sei. Ohne nachzudenken, hatte ihr Vater geantwortet.

»Nicht, wenn er mit der verführerischen Lady Brook zusammen ist.«

»Warum?« hatte Nolita wissen wollen.

Sie hatte keine Antwort erhalten, und erst etwa ein Jahr später begriff sie etwas mehr. Bis dahin hatten alle davon gesprochen, wie wahnsinnig verliebt der Prinz sei. Und da weder die Prinzessin noch Lord Brook Einwände gegen diese Verbindung zu haben schienen – was ging es da andere Leute an?

Nolita kam das damals ganz verkehrt vor. Ihr Vater und ihre Mutter lebten völlig anders. Sie waren so glücklich! Allein schon der Ausdruck auf dem Gesicht ihrer Mutter, wenn sie den Vater vom Rennen heimkommen hörte, und der tiefe Klang seiner Stimme, wenn er sie begrüßte, bewiesen Nolita, daß es für keinen von beiden jemals einen anderen geben konnte.

So soll eine Ehe auch sein, dachte Nolita dann im stillen.

Sie konnte verstehen, warum ihre Mutter die beiden Schwestern nicht darum beneidete, daß sie ein Leben in der eleganten Welt führten und ihre Bilder regelmäßig in den Zeitschriften erschienen.

»Du bist so schön, Mama«, hatte Nolita einmal gesagt. »Ich wünschte, du hättest teure Kleider und schönen Schmuck und wärest die *Belle* auf einem großen Ball.«

»Ich möchte lieber hier mit deinem Vater zusammen sein als im Buckingham-Palast tanzen«, hatte ihre Mutter erwidert.

Ihr Ton hatte Nolita verraten, daß es die Wahrheit war.

Jetzt sollte sie in eine Welt eintreten, die ihre Mutter für lieblos angesehen hatte.

Auch wenn sie ihnen nicht vorgestellt werden würde, so würde sie doch oft unter einem Dach mit dem Prinzen von Wales, Lady Brook und all diesen Leuten weilen, die ihre Tante Katherine für so wichtig hielt.

Das wird mir so zuwider sein, dachte Nolita. Und selbst wenn ich im Schulzimmer bin, werde ich von ihnen hören und werde wissen, warum Mama keinen Teil an dieser Sorte von Leben haben wollte.

Verzweifelt sagte sie sich, daß es nichts gab, was sie dagegen tun konnte.

Vernünftig, wie sie war, erkannte sie, daß ihre Tante die Wahrheit gesprochen hatte, als sie ihr mitteilte, ihr Onkel sei jetzt ihr Vormund und sie müsse ihm gehorchen.

Vielleicht wäre es schlimmer, wenn ich bei einem von ihnen leben müßte, überlegte sie.

Sie wußte, ihre Tante Katherine mochte sie nicht leiden und würde an allem, was sie tat, etwas auszusetzen finden.

Sie konnte nur hoffen, daß sie nicht den Unwillen der Marquise erregen würde. Und daß es ihr möglich sein würde, sich »raushalten« zu können, wie die Dienstboten zu sagen pflegten.

Ihr grauste davor, in das leichtfertige Leben hineingezogen zu werden, das ihre Tante Katherine führte.

Nolita hatte gelesen und gehört, welche endlose Folge von Bällen, Empfängen und Soiréen Lady Katherine besuchte, wie entschlossen sie und ihre Altersgenossinnen den Kampf um einen Platz in dem »magischen Kreis« um den Prinzen von Wales führten und wie sie sich gleichzeitig bemühten, nicht das Mißfallen Königin Viktorias zu erregen.

Sie fand das alles schrecklich und gleichzeitig sinnlos, obwohl es eine so außerordentliche Bedeutung für diejenigen hatte, die daran teilnahmen.

Nolita wußte sehr genau, was ihre Tante mit der »Gelegenheit« meinte, die ihr das Kind, dessen Gesellschafterin sie werden sollte, verschaffen könnte.

Da die Enkelin der Marquise von Sarle sehr reich war, stand ihr ein Sonderplatz in dem »magischen Kreis« zu, denn, wie Lady Katherine so richtig gesagt hatte, »niemand hatte genug Geld«.

»Ich will ihr Geld nicht!« rebellierte Nolita plötzlich laut in der Dunkelheit. »Ich will Eros! Ich will hier in meinem eigenen Heim bleiben.«

Aber da sie wußte, daß das unmöglich war, weinte sie verzweifelt in ihr Kissen.

Ohne zu weinen sagte sie zwei Tage später Johnson auf Wiedersehen und stieg in den Reisewagen, den ihre Tante ihr aus London geschickt hatte.

Es war längst kein so eleganter Wagen wie der, den Ihre Ladyschaft selbst benutzt hatte, und die Pferde waren zwar gut, aber nichts Besonderes.

Auf dem Bock saß nur ein Kutscher, kein Diener. Das ließ Platz für Nolitas Schrankkoffer. Ein paar andere Gepäckstücke, die sie mitnehmen wollte, wurden innen verstaut.

Früher am Morgen hatte sie von Eros tränenreichen Abschied genommen, aber jetzt, als sie Johnson und seiner Frau die Hand schüttelte, war es Mrs. Johnson, die weinte.

»Geben Sie nur gut auf sich acht, Schätzchen – ich meine, Miß Nolita«, schluchzte Mrs. Johnson, »und machen Sie sich um uns keine Sorgen. Wir werden das Haus ebensogut in Ordnung halten wie zur Zeit Ihrer lieben Mutter – Gott habe sie selig –, und Sie werden zu uns zurückkommen, fast noch bevor Sie abgereist sind.«

Johnson nahm nur Nolitas Hände in seine beiden Hände. Er fand keine Worte.

Nach einem letzten Blick in Richtung Stall stieg Nolita in den Wagen.

Die Kutsche rollte an. Nolita winkte zu den Johnsons zurück und warf einen letzten Blick auf das Giebelhaus, das ihr ganzes Leben lang ihre Heimat gewesen war. So mußten die Aristokraten während der Französischen Revolution empfunden haben, wenn sie auf Schinderkarren weggebracht wurden!

Das Haus in London war genauso, wie sie es sich vorgestellt hatte: hoch, eindrucksvoll und ziemlich düster. Es stand eine offensichtlich unnötig hohe Zahl von Dienern in der Kennington-Livrée herum, dazu ein Butler, der wie ein Erzbischof aussah und auch so redete. Er meldete Nolita mit Stentorstimme an.

Ihre Tante saß im Salon auf einem Sofa und sprach mit einem jungen Mann, den ein Monokel zierte. Mit gereiztem Gesichtsausdruck blickte sie auf.

»Du kommst aber früh!« schnappte sie, als halte sie es für eine persönliche Beleidigung. Nolita trat vor und knickste.

»Geh nach oben und packe aus. Ich komme später zu dir.«

Nolita knickste von neuem und folgte dem Butler, der vor der Tür gewartet hatte.

Erst als sie die Tür schloß, hörte sie den Herrn mit dem Monokel sagen: »Beim Zeus, ist das ein hübsches kleines Ding! Wer ist sie?«

Diese Bemerkung, so dachte Nolita, mochte schuld an der schlechten Laune ihrer Tante sein, die eine halbe Stunde später nach oben in Nolitas Schlafzimmer kam.

»Ich hätte angenommen«, sagte sie kalt, »daß du Verstand genug haben würdest, Hut und Mantel abzulegen, bevor du den Dienstboten erlaubtest, dich im Salon anzumelden, wo ich mit einem Besucher saß.«

»Es tut mir leid, Tante Katherine«, entschuldigte Nolita sich, »aber ich wußte nicht, was von mir erwartet wurde.«

»Nun, jetzt weißt du es.«

Lady Katherine sah in einem Gewand aus hellblauer Seide, das farblich zu ihren Augen paßte, sehr attraktiv aus, nur war es etwas zu jugendlich für sie.

Sie musterte Nolita von oben bis unten.

»Für deine äußere Erscheinung werde ich wohl etwas tun müssen. Im Augenblick siehst du aus wie ein arbeitsloses Hausmädchen.«

»Oder ... eine ... arme Verwandte«, entfuhr es Nolita, bevor sie es hinunterschlucken konnte.

»Genau das bist du auch, und vergiß nicht, dankbar zu sein«, gab Lady Katherine zurück. »Ich habe mir sehr viel Mühe gemacht, ein Unterkommen für dich zu finden, und zu meiner Freude habe ich bereits einen begeisterten Brief von der Marquise erhalten. Wie ich es voraussah, möchte sie dich so bald wie möglich in Sarle-Park sehen.«

»Was ist der Grund für diese Eile?« fragte Nolita neugierig.

»Ich habe nicht die leiseste Ahnung«, antwortete Lady Katherine, »aber zweifellos wird dir jemand diese Frage beantworten, sobald du dort bist.«

Ihr Blick hing immer noch an Nolitas Kleid.

»Ich habe nicht die Absicht, Geld auszugeben, um dir neue Kleider zu kaufen, und ich sage dir klipp und klar, daß ich keine Trauer um deine Mutter tragen oder auch nur gegenüber meinen Freundinnen zugeben werde, daß sie gestorben ist.«

Nolita riß vor Staunen die Augen auf, und Lady Katherine fuhr fort: »Wäre ich in Trauer, könnte ich an den vielen Veranstaltungen dieser Saison nicht teilnehmen, und ich denke nicht daran, darauf zu verzichten. Du wirst deshalb nirgendwo erwähnen, daß deine Mutter vor kurzem gestorben ist – vor allem bei der Marquise nicht.«

»Was wird sie dann denken, warum ich ... eine Stellung suche?« fragte Nolita.

»Sie weiß, daß du Waise bist, hält jedoch die Trauerzeit für beendet.«

Nolita wunderte sich. Sie fühlte sich auch verletzt, weniger durch Lady Katherines Wunsch, sie solle über den Tod ihrer Mutter lügen, als durch die Gleichgültigkeit Lady Katherines für ihre Schwester.

»Dem Himmel sei Dank«, erklärte Lady Katherine, »daß eine

Menge Kleider von mir herumliegt, für die ich keine Verwendung mehr habe. Ich wollte sie einem Wohltätigkeitsverein geben, aber ich kam nie dazu, und sie sind genau das, was du brauchst.«

Sie läutete nach ihrer Zofe und ließ Kleider aller Art hereinbringen, um sie zu begutachten.

»Das da will ich behalten«, entschied sie, auf ein sehr elegantes Gewand zeigend. »Das grüne nicht. Ich hatte immer das Gefühl, daß ich darin kein Glück hätte.«

Nolita wurde nicht gefragt, was ihr gefiel oder nicht, und bald lagen Stapel von Kleidern auf dem Bett, darunter auch mehrere Kunstgebilde für den Abend, die zu tragen Nolita – davon war sie überzeugt – nie Gelegenheit finden würde.

Sie sah auch, daß sie ihr zu groß waren, besonders in der Taille und um die Büste, aber wenn Lady Katherine das für unwesentlich hielt, stand es ihr nicht zu, es zu erwähnen.

Wieviel Zeit wird es mich kosten, die Kleider zu ändern, dachte Nolita und sah zu, wie der Stapel wuchs.

»Es ist auch noch eine Menge Unterwäsche da, die ich als nicht mehr gut genug für Eure Lordschaft beiseitegelegt habe«, sagte die Zofe.

»Dann gib sie Miß Walford«, antwortete Lady Katherine. »Wir müssen auch noch feststellen, ob ihr meine Schuhe passen.«

Sie paßten, obwohl einige davon so eng waren, daß Nolita hoffte, darin nicht weit laufen zu müssen.

Es gab auch unzählige Handschuhpaare, die entweder zu oft gereinigt worden waren, kleine Flecken, die sich nicht mehr entfernen ließen, hatten oder einen Riß, der geschickt gestopft worden war. Aber Ihre Ladyschaft verlangte Perfektion, und deshalb kamen die Handschuhe für sie nicht mehr in Frage.

Noch so viele andere Dinge wurden hereingeschleppt, daß Nolita die Übersicht verlor. Langsam kam ihr der Gedanke, man werde es in Sarle-Park sehr merkwürdig finden, wenn ein Mädchen, das eine Stellung als Gesellschafterin suchte, mit einem solchen Berg an Gepäck eintraf.

Sie war jedoch überzeugt, daß ihre Tante nicht auf ihre Proteste hören würde, und schließlich, als die Zofe verkündete, daß nichts mehr da sei, sagte Lady Katherine: »Du kannst dich glücklich schätzen. Ich habe dich praktisch mit einer ganzen Aussteuer versorgt.«

»Ich danke dir, Tante Katherine. Ich bin dir wirklich sehr dankbar.«

»Dazu hast du auch allen Grund. Und vergiß nicht, wenn die Marquise etwas bewundert, das du anhast, wirst du ihr sagen, daß es ein Geschenk von mir ist.«

»Ja, natürlich, Tante Katherine.«

Lady Katherine seufzte selbstzufrieden.

»Niemand kann in Zukunft behaupten, ich hätte nicht mein Bestes getan. Und wenn du mich enttäuschst, wie es deine Mutter getan hat, werde ich sehr böse werden.«

»Mama ist dem gefolgt, den sie liebte«, stellte Nolita fest.

»Ich weiß es nur zu genau. Es war äußerst unvernünftig. Jetzt kannst du selbst sehen, was dabei herausgekommen ist. Wäre dein Vater reich gewesen, hätte er es nicht nötig gehabt, mit einem unzulänglich trainierten Pferd zu fahren, und sie beide würden heute noch leben.«

Nolita schloß kurz die Augen. Sie ertrug die Erinnerung nicht. Ihr Vater hatte sich des Pferdes wegen Sorgen gemacht. Er mußte es an diesem Abend, als sie die Gesellschaft besuchten, anspannen, weil kein anderes mehr da war. Die Wagenpferde, die er für gewöhnlich genommen hatte, hatte er in jener Woche gerade verkauft.

»Ich wollte sie eigentlich behalten, bis Rufus fertig trainiert ist«, hatte er zu seiner Frau gesagt, »aber ich kann ein solches Angebot nicht ablehnen. Es kommt von einem Mann, der seit drei Jahren ein guter Kunde ist, und er hat es eilig.«

»Wir werden mit Rufus schon zurechtkommen, Liebster«, hatte ihre Mutter geantwortet.

Sie hatte zugestimmt, das wußte Nolita, weil sie wieder einmal im Ort Schulden hatten. Der Metzger hatte schon höflich angefragt, ob er eine Abschlagszahlung haben könne.

Aber irgend etwas mußte Rufus erschreckt haben. Wild und außer Kontrolle war er die dunkle Straße hinuntergaloppiert und auf der Kreuzung in den ankommenden Zug gerast.

Nolita mußte daran denken, daß sie von den großen Geldsummen, die Lady Katherine für ihre Kleider auszugeben pflegte, ein Jahr lang hätten leben und sich außerdem gute Pferde hätten halten können.

Doch es war sinnlos, Vergleiche zwischen den beiden Schwestern anzustellen.

Ihre Mutter hatte ihren Lebensstil gewählt und es nie bedauert, deshalb sollte auch sie es jetzt nicht bedauern.

Aber sie fürchtete sich vor der Zukunft.

»Du mußt mir helfen, Mama«, flüsterte sie, im Bett liegend, in die Dunkelheit. »Du mußt mir helfen, daß ich keinen Fehler begehe oder etwas tue, was Tante Katherine verärgern könnte.«

Nolita sehnte sich nach dem Gefühl, ihre Mutter neben sich stehen zu haben, die ihr sagte, daß sie sich nicht zu fürchten brauche. Aber sie war allein in dem fremden Schlafzimmer, und Eros war weit weg.

Sie schloß die Augen und versuchte zu schlafen. Sie erschauerte, nicht vor Kälte, sondern vor Angst und einem wachsenden Gefühl der Einsamkeit.

2. Kapitel

In dem bequemen Wagen sitzend, mit dem die Marquise sie von London abholen ließ, wurde Nolita immer ängstlicher zumute.

Am frühen Morgen hatte sie das Haus ihrer Tante verlassen. Niemand hatte ihr Lebewohl gesagt.

Das gab ihr ein Gefühl, als ziehe sie einem Abenteuer entgegen, ohne zu wissen, was geschehen und wie es ausgehen werde.

Der Wagen war eindrucksvoller als der, in dem sie gestern gekommen war, und die vier Pferde, die ihn zogen, waren herrliche Tiere.

Sie hätte sie gern genauer betrachtet, aber sie wagte es nicht, weil die Diener der Marquise sie anschauten, als sei sie auch nichts anderes als eine Dienerin.

»Das bin ich ja wirklich«, dachte sie, und der Gedanke war alles andere als tröstlich.

Sie hatte immer gehört, Buckinghamshire sei schön, und während sie von Obstgärten gesäumte Straßen entlangfuhren und sie silberne Bäche und kleine, schmucke Dörfer sah, wünschte sie sich, sie könne darüber mit ihrem Vater sprechen.

Er hatte sich neben seiner Begeisterung für jeden Sport für die Unterschiede der Grafschaften und der ländlichen Bräuche interessiert.

Nolita versuchte verzweifelt, an etwas anderes zu denken.

Sie war tapfer gewesen und hatte in der Öffentlichkeit nicht geweint, aber das war ihr nur gelungen, weil sie ihre Gefühle fest im Zaum gehalten hatte. Dafür hatten sie sich in ihrem Inneren gestaut, und sie litt immer noch unter dem Schock über den Tod ihrer Eltern.

Auf eine Weise hatte es ihr geholfen, daß sie für sich selbst hatte sorgen müssen. Der Schock hatte sie außerdem betäubt, so daß sie beim Verkauf der Pferde das Gefühl gehabt hatte, daß nicht sie, sondern jemand anders das tue.

»In Sarle-Park«, sagte sie zu sich selbst, »werde ich vielleicht so viel zu tun haben, daß ich abends einschlafe, ohne nachzudenken.«

Um sich abzulenken, versuchte sie all die zahlreichen Kleider zu zählen. Sie waren in Koffer gepackt worden, für die ihre Tante keine Verwendung mehr hatte.

Die Sarle-Diener waren erstaunt gewesen über den großen Haufen Gepäck, das hinten auf dem Wagen festgezurrt werden mußte. Einige Stücke mußten aufs Dach gepackt werden. Im Inneren stapelten sich auf dem kleinen Sitz Nolita gegenüber Hutschachteln und eine Reihe kleinerer Koffer.

Sie hatte eins der geschenkten Kleider anprobiert, und unglücklicherweise hatte sich dabei ihr Verdacht bestätigt, daß sie alle geändert werden mußten.

Erstens einmal war sie kleiner als Lady Katherine, und zum Ärger ihrer Tante war ihre Taille viel schmaler.

»Ich kann mir nur vorstellen, daß du nicht genug zu essen bekommen hast«, hatte Lady Katherine boshaft bemerkt, »denn sonst müßte dein Körper in deinem Alter schon mehr Fülle haben.«

»Mama war auch sehr schlank«, hatte Nolita erwidert, und sofort gewußt, daß das die falsche Antwort gewesen war.

Lady Katherines Zofe hatte sich verdrießlich bereit erklärt, das Kleid zu ändern, in dem Nolita reisen sollte, und dazu – falls die Zeit ausreichte – ein zweites, damit Nolita sich nach der Ankunft umziehen konnte.

»Ich habe nur ein Paar Hände, Mylady«, hatte sie säuerlich gesagt.

»Dann mußt du sie schneller bewegen, als du es für gewöhnlich tust«, hatte Lady Katherine scharf erwidert.

Damit war sie aus dem Zimmer gegangen und hatte es Nolita überlassen, sich zu entschuldigen. Die Zofe steckte das Kleid an ihr ab.

»Es tut mir leid ... so sehr leid, daß ich Ihnen ... so viel Mühe mache. Aber Ihre Ladyschaft möchte sich ... meiner nicht schämen müssen, wenn ich morgen bei ihren Freunden eintreffe.«

Nolita war die Angelegenheit sehr peinlich gewesen.

»Ihre Ladyschaft möchte nicht, daß jemand, der jünger ist als sie, hier lebt«, hatte die Zofe bissig erklärt.

Nolita hatte nicht darauf geantwortet. Ihre Mutter hatte immer gesagt, man könne vor Dienstboten nichts geheimhalten. Die Mitglieder von Lady Katherines Londoner Haushalt wußten ganz genau, warum sie in solcher Hast aufs Land geschickt wurde.

Nolita war über zwei Stunden gefahren, da erhaschte sie durch die Bäume einen Blick auf ein prachtvolles Herrenhaus. Es war so groß, daß sie es anfangs nicht für ein Privathaus hielt.

Dann bogen sie zwischen zwei malerischen Pförtnerhäuschen aus dem 18. Jahrhundert in ein Tor aus Schmiedeeisen mit vergoldeten Spitzen ein, und Nolita wußte, daß sie Sarle-Park erreicht hatten.

Die Zufahrt war von alten Eichen gesäumt, und da der Boden sich zu einem großen See senkte und auf der anderen Seite wieder anstieg, konnte Nolita das Haus bald sehr deutlich sehen.

Es war ein architektonisches Meisterwerk, und besaß gleichzeitig eine Schönheit, die Nolita beeindruckte und auch etwas einschüchterte.

Die Sonne schien auf Hunderten von Fenstern zu glitzern, die Statuen oben auf dem Dach zeichneten sich als Umrisse vor dem blauen Himmel ab, und die Fahne des Marquis wehte in der sanften Sommerbrise.

Es ist so groß, daß mich niemand bemerken wird, tröstete Nolita sich selbst.

Der Wagen hielt am Haupteingang. Eine Reihe von steinernen Stufen führte zu einem überdachten Portikus. Nolita klopfte das Herz.

Der Kutscher zog die Zügel an. Zwei Reitknechte standen bereit, die Pferde zu halten.

Einen Augenblick lang war Nolita von den Pferden wieder so gefesselt, daß sie gar nicht zum Eingang des Hauses hochblickte.

Einer der Reitknechte, ein sehr dunkler Typ, war noch ein Junge. Als er den Zaum mit den Silberbeschlägen faßte, auf denen die Insignien des Marquis zu sehen waren, warf das Pferd unerwartet den Kopf und traf ihn am Kinn.

Er taumelte, ließ den Zaum jedoch nicht los, und im nächsten Augenblick schlug er in aufwallendem Zorn mit der geballten Faust auf die Nase des Pferdes.

Nolita, die gerade ausstieg, sah es und hielt den Atem an, denn es war ein grausamer Schlag. Dann hörte sie ein Wutgebrüll.

Sie blickte auf und sah einen Gentleman die Stufen herunterei-len. Er faßte den Reitknecht beim Kragen und riß ihn von dem Pferd weg.

»Wie kannst du es wagen!« schrie er. »Wie kannst du es wagen, dich auf diese Weise an einem Tier zu vergreifen! Wenn ich so etwas noch einmal sehe, verprügele ich dich, bis kaum noch Leben in dir ist! Auf jeden Fall bist du entlassen! Du bist hier in einer Stunde verschwunden, oder es ergeht dir schlecht!«

Beim Sprechen schüttelte er den Jungen so heftig wie ein Terrier eine Ratte. Dann schleuderte er ihn auf den Kies.

Ohne sich dessen bewußt zu sein, beobachtete Nolita die Szene mit weit aufgerissenen Augen.

Der Gentleman stieg jetzt mit finsterem Gesicht langsam die Stufen wieder empor, und sie sah, daß er groß und von eindrucksvollem Äußeren war.

Die Art, wie er gesprochen, die Heftigkeit, mit der er den Jungen zu Boden geworfen hatte, gaben Nolita das Gefühl, kaum Luft zu bekommen.

Der Mann verschwand durch die Eingangstür oben an der Treppe. Die Diener verneigten sich vor ihm, und Nolita ging plötzlich auf, daß dies der Marquis sein mußte.

»Wollen Sie mir bitte folgen, Miß?«

Sie hatte den Gentleman so aufmerksam beobachtet, daß sie den Butler nicht bemerkt hatte, der die Stufen heruntergekommen war und jetzt neben ihr stand.

»Ja, ja, natürlich«, erwiderte sie. Ihre Stimme klang ihr in den eigenen Ohren fremd.

Sie folgte dem Butler. Hinter ihr hoben mehrere Diener ihre zahlreichen Koffer vom Wagen.

Der Butler führte sie in eine riesige Eingangshalle voller herrlicher Wandgemälde. Nolita sah sich ängstlich um – keine Spur von dem Marquis.

Der Butler hielt auch gar nicht an, sondern stieg eine breite, mit einem roten Teppich belegte Treppe hinauf, an deren oberen Ende eine ältere Frau wartete. Ihr schwarzes Seidenkleid und eine kunstvolle silberne Kette wiesen sie als die Haushälterin aus.

»Sicher sind Sie Miß Walford«, sagte die Frau. »Ich bin Mrs. Flower, und Ihre Ladyschaft wünscht Sie sofort nach Ihrer Ankunft zu sehen.«

»Ich danke Ihnen«, antwortete Nolita.

»Vermutlich möchten Sie zuerst Ihren Hut und Ihr Cape ablegen, Miß«, fuhr Mrs. Flower fort.

»Ja, natürlich«, stimmte Nolita hastig zu.

Ihr fiel ein, wie ärgerlich ihre Tante gewesen war, weil sie sich unmittelbar nach ihrer Ankunft in London in den Salon hatte führen lassen.

»Um es Ihnen zu ersparen, den ganzen Weg bis zum Unterrichtszimmer oben zu gehen, Miß, wo Sie Lady Bettine finden werden, dachte ich, Sie könnten sich hier drin frischmachen.«

Dabei öffnete die Haushälterin die Tür eines hübsch eingerichteten Zimmers mit einem Himmelbett. Sicher war es für wichtige Besucher reserviert.

Für Nolita lagen auf dem Toilettentisch Bürste und Kamm bereit. Eine Messingkanne war mit warmem Wasser gefüllt, so daß sie sich die Hände waschen konnte. Die Haushälterin wartete, bis sie fertig war.

»Dies ist ein sehr großes Haus«, bemerkte Nolita, die das Schweigen zwischen ihnen bedrückend fand.

»Wir sind alle sehr stolz darauf, Miß«, antwortete Mrs. Flower.

Nolita ordnete vor dem Spiegel ihr Haar. Dann drehte sie sich um.

»Ich bin soweit.«

Die Haushälterin öffnete schweigend die Tür, ließ Nolita vorangehen und übernahm dann auf dem Weg über einen langen Korridor die Führung.

Dabei ließ sie nur eine einzige Bemerkung fallen.

»Ihre Ladyschaft hat ihre eigene Suite im Südflügel.«

In einem großen Haus, dachte Nolita, braucht ein Neuankömmling wie ich eigentlich einen Plan, um sich zurechtzufinden!

Sie gingen immer weiter und weiter, bis die Haushälterin schließlich vor einer großen Mahagoni-Doppeltür stehenblieb. Sie öffnete einen Flügel. Drinnen wartete eine Frau, die Lady Katherines Zofe so ähnlich sah, daß sie ihre Zwillingsschwester hätte sein können.

»Ihre Ladyschaft erwartet Miß Walford«, sagte Mrs. Flower.

»Ich werde Ihrer Ladyschaft mitteilen, daß sie hier ist«, antwortete die Zofe ziemlich hochnäsig.

Sie durchquerte eine kleine Halle, von der viele Türen abgingen. Währenddessen sagte die Haushälterin zu Nolita: »Ich werde warten, Miß, falls Ihre Ladyschaft wünscht, daß ich Sie in das Schulzimmer zu Lady Bettine führe.«

»Danke ... ich danke Ihnen sehr«, stammelte Nolita.

Ihr Herz klopfte wie wild, als die Zofe ihr winkte. Sie trat in einen großen, sonnenhellen Raum ein, der exquisit möbliert war. Lilien erfüllten ihn mit ihrem Duft.

Auf einem Sofa am Kamin saß eine Frau, und neben ihr hatte es sich ein junger Mann bequem gemacht. Er hatte helle Haare und sah auf seine geckenhafte Art recht gut aus.

Aber Nolita konnte im Augenblick an nichts anderes denken als an die Dame, die nicht im geringsten das war, was sie sich vorgestellt hatte.

Da sie die verwitwete Mutter des Marquis war, hatte Nolita angenommen, sie sei alt.

Tatsächlich wirkte sie auf den ersten Blick kaum älter als ihre Tante Katherine.

Dann trat Nolita näher an das Sofa heran und erkannte, daß die Illusion der Jugend völlig auf künstlichen Mitteln beruhte.

Die verwitwete Marquise mußte einmal sehr schön gewesen sein. Jetzt war offensichtlich, daß ihr Haar gefärbt war, und ihr Gesicht war mit Kosmetika so bedeckt, daß es beinahe wie eine Maske aussah.

Trotzdem war sie auf merkwürdige, künstliche Weise immer noch schön, und ihre Augen mit den getuschten Wimpern waren scharf. Ihnen entging nichts an Nolitas Erscheinung.

Nolita wußte, daß es für eine Dame sehr seltsam war, sich so zurechtzumachen, denn ihre Mutter hatte ihr oft gesagt, nur Schauspielerinnen und »solche Frauen« – sie war sich nicht ganz sicher, was damit gemeint war – benutzten Rouge und Lippenstift.

Die Marquise hatte offensichtlich von beidem reichlich benutzt. Ihre roten Lippen teilten sich, und sie rief erstaunt aus: »Sie sind Katherines Nichte? Ich hatte eine ältere Person erwartet.«

Nolita seufzte.

»Ich bin älter, als ich aussehe, Mylady.«

»Nun, aussehen tun Sie, als seien Sie etwa in einem Alter mit Bettine – nicht wahr, Esmond?«

Sie sprach zu dem Mann neben ihr. Der antwortete: »Wenn du mich fragst, so glaube ich, daß sie eine ausgezeichnete Gesellschafterin für das Kind abgeben wird. Bei Lady Katherine kann man sich darauf verlassen, daß sie genau das besorgt, was verlangt wird.«

»Aus dem Grund habe ich sie auch darum gebeten«, bemerkte die Marquise.

Wieder wandte sie sich an den jungen Mann.

»Ich muß mit dieser jungen Frau allein sprechen, Esmond. Geh deshalb nach unten und warte auf mich im Blauen Salon. Denke daran, die Hubbards und die Lloyds kommen. Erinnere Mervyn daran. Er vergißt bestimmt, daß wir Gäste zum Mittagessen haben.«

Der Mann erhob sich langsam.

»Ich will versuchen, deine Befehle zu befolgen«, sagte er gedehnt, »bleib nicht zu lange. Du weißt, Lord Hubbard kann mich nicht leiden.«

»Das würde er mir niemals sagen.«

In den Augen der Marquise lag ein Ausdruck, der Nolita den Atem stocken ließ.

Sie konnte es nicht erklären, sie erkannte jedoch instinktiv, daß eine Frau diesen Blick nur für einen Mann hat, an dem sie interessiert ist oder mit dem sie flirtet.

Die Marquise ist doch zu alt, dachte sie.

Aber warum war sie so merkwürdig? Und wer war der Esmond genannte Gentleman?

Er wandte sich der Tür zu und ging dabei an Nolita vorbei. Und zu ihrem Erstaunen blinzelte er ihr zu.

Sie konnte kaum glauben, daß sie sich nicht geirrt hatte, aber es war wirklich geschehen und machte sie noch verlegener, als sie es sowieso schon war.

Erst als sich die Tür hinter ihm geschlossen hatte, sagte die Marquise: »Jetzt möchte ich mit Ihnen sprechen, Miß Walford, und dazu setzen Sie sich wohl besser.«

Sie ließ sich deutlich anmerken, daß es auf ihrer Seite Herablassung war. Nolita ging zu einem Sessel, der dem Sofa gegenüberstand, und ließ sich auf der Kante nieder.

»Ihre Tante hat mir nicht mitgeteilt, daß Sie so jung aussehen.« Es war klar, daß die Marquise davon nicht erbaut war.

»Es ... tut mir ... leid«, murmelte Nolita.

Ob die Marquise sich jetzt weigern würde, sie zu engagieren, weil ihr Aussehen ihr mißfiel?

»Ich weiß nicht, was man Ihnen über Ihre Stellung hier erzählt hat«, begann die Marquise. »Ihrer Tante hatte ich geschrieben, sie möge sich nach einer Gesellschafterin für meine Enkelin umsehen, und ich setzte voraus, sie werde mir eine Dame schikken – allerdings eine, wie ich nicht erst zu erwähnen brauche, die wesentlich älter ist als Sie.«

Fast schien es, als beschuldige die Marquise sie, sich unter Vorspiegelung falscher Tatsachen eingeschlichen zu haben. Nolita wußte nichts anderes zu sagen als noch einmal:

»Es ... tut ... mir ... leid!«

»Nun, vielleicht wird es ja gutgehen«, meinte die Marquise zweifelnd, als spreche sie mit sich selbst. »Ich wollte natürlich eine Dame, die Bettine kontrollieren kann, die dafür sorgt, daß sie sich benimmt und daß sie etwas lernt.« Nach einer Pause setzte sie hinzu: »Bisher haben sich ihre Lehrerinnen als teuer, aber unfähig erwiesen, Eigenschaften, die heutzutage bei dieser Menschenklasse vorzuherrschen scheinen.«

Wieder betrachtete die Marquise Nolita, als traue sie ihren

Augen nicht.

»Nun, Sie müssen eben Ihr Bestes tun. Ich muß gestehen, Ihre Chancen, Bettine dazu zu bewegen, daß sie sich wie eine Dame benimmt, beurteile ich nicht sehr optimistisch. Immerhin, versuchen können Sie es. Sicher haben Sie eine Art von Ausbildung?«

»Mein Vater und meine Mutter haben darauf ... großen Wert gelegt«, antwortete Nolita.

Die Andeutung, ihre Eltern hätten sie unwissend aufwachsen lassen, war eigentlich eine Beleidigung. Aber die Marquise schüchterte Nolita so ein, daß sie kaum fähig war, ihr zu antworten. Es wäre ganz unvorstellbar gewesen, ihr zu widersprechen.

»Ihre Tante teilte mir mit, Sie hätten in beschränkten Verhältnissen gelebt, was mich in Anbetracht der Tatsache, daß Ihre Mutter auf sehr unschickliche Art dem Elternhaus davonlief, nicht überrascht.«

Nolita preßte für einen Augenblick die Lippen zusammen. Ihr war jedoch klar, daß es ein Fehler sein würde, einen Verteidigungsversuch für etwas zu unternehmen, das vor langer Zeit geschehen war, oder auch nur zu erklären, ihre Mutter habe ihre Tat nie bereut.

»Ich hoffe«, sagte die Marquise, »Sie werden Bettine zumindest klarmachen können, daß konventionelles Betragen wünschenswert ist, vor allem in ihrem Fall.«

Da eine Antwort erwartet wurde, murmelte Nolita: »Ich will es ... versuchen.«

»Ihre Tante hat sie zweifellos informiert, daß meine Enkelin sehr reich ist, und das bedeutet natürlich, daß es immer Mitgiftjäger und Scharlatane der schlimmsten Sorte geben wird, die es auf ihr Geld abgesehen haben.«

Die Marquise musterte Nolita geringschätzig.

»Ich hatte gehofft, ihre Gesellschafterin würde in der Lage sein, sie vor solchen Leuten zu warnen. Aber Sie werden in der Zeit, die Sie bei Ihren Eltern lebten, kaum derartige Erfahrungen gemacht haben.«

»Nein ... wir haben sehr ... ruhig gelebt.«

»Ich kann nicht so tun, als sei ich nicht enttäuscht«, sagte die Marquise. »Sie sind nicht im geringsten das, was ich erwartet habe, oder der Typ, von dem ich angenommen hatte, daß Ihre Tante ihn mir schicken werde. Da Sie jedoch einmal hier sind, bleibt nichts anderes übrig, als das Beste aus etwas zu machen, das sich, wie ich fürchte, als schwerer Fehler erweisen mag.«

»In welchem Fall«, erwiderte Nolita, »ich natürlich ... gehen kann.«

»Ja, natürlich«, pflichtete die Marquise ihr bei. »Ich möchte Ihre Tante jedoch nicht beleidigen, und deshalb liegt es ganz an Ihnen. Das ist alles! Jemand wird Sie in das Unterrichtszimmer führen, wo Sie Bettine kennenlernen werden.«

Damit war Nolita entlassen. Sie erhob sich.

»Ich verstehe, ich bin also ... auf Probe hier«, erklärte sie leise, »und ich hoffe, ich werde ... weder Sie noch meine Tante Katherine enttäuschen.«

Sie knickste und durchquerte den Salon in einer Haltung, die, wie sie hoffte, Würde ausdrückte. Erst als sie die Hand ausstreckte, um die Tür zu öffnen, merkte sie, daß sie zitterte.

In der kleinen Diele standen Mrs. Flower und die Zofe dicht beieinander und hatten sich offensichtlich im Flüsterton unterhalten.

Nolita hatte den sicheren Eindruck, daß sie über sie gesprochen und wie ihre Herrin gemeint hatten, sie sei für den Posten nicht geeignet.

Als sei sie froh, nicht länger warten zu müssen, sagte Mrs. Flower: »Wenn Sie mit mir kommen wollen, Miß, führe ich Sie ins Unterrichtszimmer hinauf.«

Sie ging mit flottem Schritt voran. Nolita war es nur recht, denn bei diesem Tempo war keine Konversation notwendig.

Sie machten halt, um Nolitas Mantel und Hut mitzunehmen. Dann ging es weiter, bis sie schließlich an eine Treppe kamen, die in das obere Stockwerk führte.

Die Treppe war breit und herrschaftlich wie alles im Haus, aber Nolita fühlte sich im Augenblick nicht in der Lage, von irgend etwas Notiz zu nehmen. Das, was sie bisher erlebt hatte, bedrückte sie zu sehr.

Mrs. Flower stieg jetzt die Stufen langsamer empor. Oben angekommen, atmete sie schwer. Dann setzte sie sich wieder in

Bewegung. Nolita vermutete, daß sie jetzt auf den Westflügel zugingen. Sicher war sie sich allerdings nicht.

Endlich öffnete Mrs. Flower die Tür eines Zimmers. Nolita trat ein. Das hier mußte wohl das Unterrichtszimmer sein, aber es war weit eindrucksvoller, als sie es sich hätte träumen lassen.

Die Möbel waren fast so prachtvoll wie die im Salon der Marquise. Außerdem standen in der Mitte ein Tisch und in einer Ecke ein Klavier.

Nolita hatte angenommen, Lady Bettine warte auf sie, doch es war niemand im Zimmer.

Mrs. Flower blickte überrascht drein, weil es leer war, ging an eine Tür auf der anderen Seite und klopfte scharf.

Es rührte sich nichts.

Nach einer Weile fragte sie: »Ist Euer Ladyschaft da? Miß Walford ist eingetroffen, und sie wartet hier auf sie.«

Diesmal wurde etwas geantwortet, nur verstand Nolita es nicht. Mrs. Flower erklärte voller Erleichterung darüber, daß sie ihre Aufgabe erfüllt hatte: »Ihre Ladyschaft wird gleich kommen, Miß. Sonst kann ich wohl nichts mehr für sie tun.«

Bevor Nolita etwas sagen konnte, hatte Mrs. Flower das Unterrichtszimmer verlassen und die Tür hinter sich geschlossen. Nolita wartete. Sie setzte sich nicht. Irgendwie fühlte sie sich zu angespannt, um etwas anderes zu tun als bloß mit verschlungenen Händen dazustehen.

Mrs. Flower hatte ihren Mantel und ihren Hut beim Hinausgehen mitgenommen. Nolita vermutete, daß ihr eigenes Schlafzimmer irgendwo in der Nähe lag.

Nach einer Zeit, die ihr sehr lang vorkam, öffnete sich die Tür auf der anderen Seite des Raums, und Lady Bettine trat ein.

Wieder sah Nolita etwas ganz anderes als das, was sie erwartet oder sich vorgestellt hatte.

Zunächst einmal war Lady Bettine sehr dunkel. Schwarzes Haar fiel ihr in unordentlichen Massen über die Schultern. Für ein Mädchen von elf war sie groß. Ihr Kleid, das einmal teuer gewesen sein mußte, war mit Farbe bespritzt und hatte einen Riß im Rock.

Mehr als alles andere verblüffte Nolita jedoch die finstere

Miene. Das Mädchen zog ein ebensolches Gesicht wie sein Vater, als er den entlassenen Reitknecht zu Boden geschleudert hatte.

Lady Bettine starrte Nolita genauso an, wie es die Marquise getan hatte.

»Sie sind keine Gesellschafterin!« rief sie gleich darauf aus. »Sie sind zu jung!«

Ihre Stimme war scharf, und als Nolita den Atem einzog, setzte sie hinzu: »Ich habe keine Lust, von Ihnen herumkritisiert zu werden. Deshalb gehen Sie besser gleich, bevor ich Sie wegschicken lasse. Ich habe Großmama gesagt, daß ich Sie nicht will.«

Nolita war es, als sei diese Grobheit der Höhepunkt einer Folge von widerwärtigen Vorfällen, die sich einer nach dem anderen seit ihrer Ankunft ereignet hatten.

Erst der Wutanfall des Marquis, dann die ablehnende Haltung seiner Mutter und nun der Wunsch des Kindes, sie solle gehen.

Die Stimme erstarb ihr in der Kehle, und sie fand keine Worte.

Ohne sich bewußt zu werden, was sie tat, trat sie an das nächste Fenster und blickte über den See hinweg auf den Park. Tränen stiegen ihr in die Augen. Sie konnte an nichts anderes denken als an Eros, der allein in seinem Stall stand und sich wunderte, warum sie nicht zu ihm kam, während sie von fürchterlichen Menschen umgeben war, die sie nicht leiden mochten.

Warum? fragte sie sich. Warum mußten Papa und Mama sterben? Warum muß ich an einem Ort wie diesem leben?

Der Aufschrei stieg aus ihrem innersten Herzen empor, und sie merkte kaum, daß die Tränen überflossen und ihr über die Wangen liefen.

Sie wollte nach Hause, sie wollte nicht in einem riesengroßen Haus sein, das voll von Haß war, sie sehnte sich zurück nach der Atmosphäre der Liebe und des Glücks, die ihr seit ihrer Kinderzeit selbstverständlich gewesen war.

Ich werde heimgehen, dachte sie. Ich werde mit Eros zusammen sein. Und vielleicht kann ich mich, wenn Tante Katherine kommt und nach mir sucht, verstecken.

Für den Augenblick hatte sie die Existenz des Kindes ganz vergessen, bis sie Lady Bettine neugierig fragen hörte: »Warum weinen Sie?«

Da es nicht mehr darauf anzukommen schien, was sie sagte, antwortete Nolita: »Weil ich ... nicht hierbleiben möchte. Ich möchte ... nach Hause!«

»Warum sind Sie dann gekommen?«

»Man hat ... mich gezwungen.«

Die Anstrengung, die es sie kostete, das auszusprechen, ließ die Tränen noch schneller fließen. Nolita tastete nach ihrem Taschentuch, das irgendwo in einer Rocktasche stecken mußte. Doch das Kleid ihrer Tante mit seiner sehr eleganten Turnüre war ihr ungewohnt, so daß sie sich nicht sicher war, wo sie es suchen sollte. Sie fand es, doch bis dahin waren die Tränen auf ihr Kleid getropft, und obwohl sie sich die Augen wischte, konnte sie ihr Weinen nicht unterdrücken.

»Sind Sie sehr unglücklich?« fragte Lady Bettine.

»J-ja ... sehr.«

»Wenn man Sie gezwungen hat, herzukommen, dann wird man Sie vielleicht auch zwingen zu bleiben.«

»Ich möchte am liebsten ... fortlaufen.«

Nolita war klar, daß sie so etwas nicht hätte sagen dürfen, aber im Moment war es ihr gleichgültig.

Von neuem trocknete sie sich die Augen. Sie sagte sich, daß sie sich recht unverantwortlich benahm.

»Es tut mir leid«, sagte sie endlich und dachte bei sich, daß sie sich hier fortlaufend entschuldigte. »Es ist alles so ... furchteinflößend.«

»Habe ich Ihnen Angst eingeflößt?« fragte Lady Bettine.

»J-ja ... das hast du.«

»Und Großmama?«

»Auch.«

»Mir flößt sie keine Angst ein! Man muß sich ihr gegenüber behaupten. Nanny sagte immer, wenn einen jemand einschüchtern will, muß man sich behaupten.«

Eine solche Bemerkung hätte sie nicht durchgehen lassen dürfen, aber Nolita kostete es noch zuviel Mühe, gegen ihr Weinen anzukämpfen. Mit nassen Wimpern sah sie Lady Bettine hilflos an.

»Ich will Ihnen sagen, was Nanny Ihnen geben würde, wenn sie hier wäre«, erklärte das Kind. »Eine Tasse Tee! Hätten Sie gern eine Tasse Tee?«

»Das wäre ... sehr schön«, antwortete Nolita. »Aber ist es nicht schon fast Zeit zum Mittagessen?«

»Das dauert noch eine Stunde.« Lady Bettine blickte auf die Uhr. »Ich werde Ihnen Tee bestellen.«

»Wenn es keine Mühe macht«, sagte Nolita schnell.

»Und wenn schon!« meinte Lady Bettine scharf. »Die Dienstboten werden bezahlt zu tun, was wir wollen!«

Nolita ließ sich erschöpft in einen Sessel sinken. Sie wollte nicht daran denken, daß sie das ihrer Obhut übergebene Kind eigentlich dieser Bemerkung wegen hätte zurechtweisen müssen. Sie hatte keine Lust, irgend etwas zu tun.

Die Tür öffnete sich, und ein Hausmädchen erschien.

»Bring Tee für Miß Walford«, befahl Lady Bettine. »Und mach schnell!«

»Sehr wohl, Mylady, aber Sie wissen, die unten in der Küche überschlagen sich nicht gerade vor Eile.«

»Das sollten sie aber, sonst sage ich es Seiner Lordschaft!«

Das Mädchen quietschte, als habe die Drohung sie erschreckt, und schloß die Tür.

»Offenbar verursache ich ... eine Menge Schwierigkeiten«, murmelte Nolita.

»Wenn Sie sich deswegen entschuldigen, tanzen Ihnen die Dienstboten auf der Nase herum«, antwortete Lady Bettine.

Sie stellte sich mit übereinandergeschlagenen Armen vor Nolita auf und meinte dann: »Sie sind viel zu hübsch für eine Gesellschafterin. Das wird Großmama nicht passen. Sie will hier keine jungen Frauen haben. Sie hat Angst, sie könnten diesem schrecklichen Esmond Farquahar gefallen.«

Nolita zog den Atem ein. Sie dachte daran, wie Mr. Farquahar, wenn das sein Name war, ihr beim Verlassen des Salons zugeblinzelt hatte.

Dann erinnerte sie sich an ihre Aufgabe, einen guten Einfluß auf dies ungewöhnliche Kind auszuüben, und sagte zögernd: »Ich ... glaube nicht, daß du ... so über ... deine Großmutter ...

sprechen solltest.«

»Warum nicht, wenn es die Wahrheit ist?« fragte Lady Bettine. »Papa sagt immer, er verabscheut Menschen, die nicht die Wahrheit sprechen, aber das ist nur, weil diese dummen Frauen ihn ständig anschmachten und ihm schmeicheln und über alles lügen, solange sie nur seine Aufmerksamkeit erregen.«

Nolita sah Lady Bettine mit großen Augen an. Als könne das Kind ihre Gedanken lesen, fragte es: »Haben Sie Papa schon gesehen?«

Nolita nickte.

»Wann?«

»Als ich hier ankam ... Er war ... zornig ... auf einen der Reitknechte.«

»Das hat Sie sicher aus der Fassung gebracht. Leute, die klein und ängstlich sind wie Sie, lassen sich von ihm immer aus der Fassung bringen.«

Nolita antwortete nicht, und Lady Bettine fuhr fort: »Ich habe jetzt keine Angst mehr vor ihm – nicht wirklich. Er ist auch einer von denen, die einen einschüchtern wollen. Von der Sorte sind alle in diesem Haus – sogar die Dienstboten. Nanny sagte immer: ›Sie äffen ihre Herren nach.‹«

»Ist deine Nanny noch bei dir?«

Bettine schwieg eine Weile. Ihr Gesicht hatte sich wieder verfinstert.

»Man hat sie weggeschickt!« sagte sie wütend. »Sie starb, und mir wollte man weismachen, sie sei zu Gott gegangen, aber ich weiß, daß man sie einfach in ein Loch in der Erde gelegt hat!«

»Sie muß dir sehr fehlen«, sagte Nolita leise, »ebenso wie mir ... mein Vater und ... meine Mutter fehlen.«

»Großmama sagte mir, sie seien tot. Warum sind sie gestorben?« wollte Lady Bettine wissen.

»Sie kamen bei einem ... Unfall ums Leben«, antwortete Nolita.

Ihre Stimme brach. Es fiel ihr so schwer, davon zu sprechen.

Lady Bettine tat einen kleinen Schritt auf sie zu, als wolle sie sie berühren. Dann blieb sie stehen.

»Weinen hat keinen Sinn; sie kommen nicht zurück«, meinte

sie trübe. »Aber ich werde es Großmama nie verzeihen, daß sie Nanny weggeschickt hat. Deshalb hasse ich sie und Papa! Sie sind beide gemein!«

»Du darfst so etwas nicht sagen«, protestierte Nolita, »und ich bin sicher, wenn deine Nanny hier wäre, würde sie es dir auch verbieten.«

»Aber weil sie nicht hier ist, sage ich, was ich will, und tue ich, was ich will!« schnaubte Bettine. »Großmama sagt, ich benehme mich nicht wie eine Dame, aber ich will gar keine Dame sein, wenn ich dann so sein muß wie sie.«

Nolita wurde die Antwort darauf erspart. Ein Diener mit einem Tablett betrat das Zimmer.

Es paßte zu allem, was sie bis jetzt von Sarle-Park gesehen hatte, daß Teekanne und Tablett aus Silber und die Tasse aus Crown-Derby-Porzellan waren.

Der Diener stellte das Tablett ab.

»Danke ... vielen Dank«, sagte Nolita.

»Sie haben lange gebraucht«, stellte Lady Bettine ungnädig fest, »und Biskuits haben Sie auch nicht mitgebracht!«

»Mir wurde nicht mitgeteilt, daß Sie welche wünschen, Mylady«, gab der Diener in gekränktem Ton zurück.

»Holen Sie welche!« forderte Lady Bettine ihn auf.

»Nein, nein, mehr als den Tee brauche ich nicht«, wehrte Nolita ab.

Der Mann verließ das Zimmer. »Es wird ihm nichts schaden, nach unten zu laufen«, bemerkte Lady Bettine. »Er ist zu meiner persönlichen Bedienung da, und er hat so wenig zu tun, daß er dick wird.«

»Du weißt auch ohne daß ich dich darauf aufmerksam mache, daß du so nicht reden darfst«, sagte Nolita.

»Warum nicht?« Wieder war der aggressive Ton in Lady Bettines Stimme.

»Weil es ... häßlich ist.« Nolita goß sich Tee ein. »Bevor ich dich sah, sagte ich bei mir, dies Haus sei der häßlichste Ort, den ich je kennengelernt habe.«

»Häßlich?« wiederholte Lady Bettine in höchstem Staunen. »Jeder sagt doch, es sei das schönste, herrlichste, prachtvollste

Haus im ganzen Land.«

»Ich habe nur ein winziges Häuschen, etwa doppelt so groß wie dieses Zimmer«, antwortete Nolita. »Aber es ist schön, weil die Menschen, die darin lebten – mein Vater und meine Mutter – ihm Liebe gaben! Für mich war es immer voller Sonnenschein.«

»Wie komisch!«

»Aber wahr, wenn du einmal darüber nachdenkst.« Nolita sah sie freundlich an. »Wenn Menschen hübsche Dinge sagen, sehen sie anziehend aus, ganz gleich, was für ein Gesicht sie haben, aber wenn sie unfreundlich und grausam sind, wirken sie häßlich und machen mir Angst.«

»War ich häßlich, als ich Ihnen Angst gemacht habe?« fragte Lady Bettine.

»Sehr häßlich und sehr ... furchterregend.«

»Und Sie finden, auch Großmama war häßlich?«

»Das ist eine Frage, die ich nicht beantworten kann. Denn wenn ich es täte, würde ich vielleicht selbst häßlich aussehen.«

Lady Bettine setzte sich Nolita gegenüber an den Tisch und stützte ihr Kinn in die Hände.

»Da Sie hübsch sind«, sagte sie, offenbar bemüht, sich ein Problem zurechtzulegen, „möchten Sie, daß alles, was Sie umgibt, ebenfalls hübsch ist.«

»So habe ich es bis jetzt gehabt.«

»Und weil Sie alles Hübsche verloren haben, müssen Sie weinen?«

»Ich möchte nur ... nach Hause.« Nolita hatte das Gefühl, sie müsse offen sein.

»Niemand hier wird verstehen, warum Sie nicht bleiben wollen«, antwortete Lady Bettine. »Die Dienstboten haben immer Angst, Papa könnte sie entlassen.«

»Ich meine doch nur, daß ich es nicht ertragen werde, hier zu leben, wenn du unfreundlich zu mir bist ... und mir Angst machst.«

»Ich will mir Mühe geben, es nicht zu tun«, versprach Lady Bettine. »Und ich werde auch nicht zulassen, daß die anderen Ihnen Angst machen.«

Nolita lächelte ihr unter Tränen zu.

»Ich soll doch für dich sorgen.«

»Mir macht es den Anschein, als ob Sie nicht einmal für sich selbst sorgen könnten.«

Nolita seufzte tief. »Das stimmt wohl.«

Sie dachte daran, wie erst Tante Katherine, dann die Marquise und jetzt auch noch dieses merkwürdige, frühreife Kind sie herumkommandiert hatten.

»Vielleicht hast du recht«, gab sie zu, »und ich sollte lieber sofort abreisen, bevor ich weggeschickt werde. Ich weiß, es wird mir nie gelingen, meine Aufgabe hier zu erfüllen.«

Lady Bettine sah sie mit schiefgelegtem Kopf an.

»Wenn Sie nach Hause gehen«, fragte sie, »was werden Sie dann tun?«

»Ich weiß es nicht. Das Problem ist, daß ich kein Geld habe. Ich muß arbeiten, aber ich bin in nichts sehr gut.«

»Was können Sie denn?«

»Ich kann Klavierspielen, aber niemand würde mich dafür bezahlen. Ich kann Bücher lesen, weil mir das Freude macht, und ich weiß eine Menge über Land und Leute. Aber wieder: Wer würde mich dafür bezahlen?«

Nolita sprach, als habe sie jemanden ihres eigenen Alters vor sich. Eigentlich redete sie jedoch mit sich selbst.

»Im Grunde kann ich nur eins wirklich gut«, gestand sie, »und das ist reiten. Und ich habe das wundervollste Pferd auf der ganzen Welt!«

Ihre Stimme war lebhafter geworden, doch plötzlich glaubte sie, zuviel gesagt zu haben. Angenommen, Lady Bettine erzählte ihrer Großmutter von Eros, und die teilte es Tante Katherine mit? Möglicherweise wurde sie dann gezwungen, ihn zu verkaufen.

In ihrer Angst sagte sie hastig: »Bitte ... vergiß, was ich gesagt habe. Es ist ... ein Geheimnis.«

»Ein Geheimnis?«

»Ein ganz besonderes Geheimnis. Versprich mir, daß du es niemandem verraten wirst!«

»Ich verspreche es – Hand aufs Herz. Und ich will tot umfallen, wenn ich mein Wort breche. Aber sagen Sie mir doch, warum es ein Geheimnis ist, daß Sie ein Pferd besitzen.«

»Ich hätte es nicht einmal erwähnen dürfen«, murmelte Nolita unglücklich.

»Aber Sie haben es erwähnt, und jetzt weiß ich es.«

»Ja, aber ich muß das Pferd ... versteckt halten.«

»Warum?«

Nolita sah sie über den Tisch hinweg an.

»Kann ich dir vertrauen? Wirklich vertrauen?«

»Ich habe geschworen ›Hand aufs Herz und ich will tot umfallen, wenn ich mein Wort breche‹, und das ist ein sehr, sehr feierlicher Schwur«, erklärte Lady Bettine. »Aber ich will Ihnen jeden Schwur leisten, den Sie wollen.«

»Dann will ich es dir erzählen. Ich vertraue dir damit etwas an, das für mich wichtiger ist als alles andere auf der Welt.«

»Ich werde Sie niemals verraten.«

An Lady Bettines Aufrichtigkeit war nicht zu zweifeln. Die Stimme senkend, beinahe als fürchte sie, belauscht zu werden, erzählte Nolita ihr von Eros. Das Kind lauschte ebenso gefesselt wie aufgeregt.

Dann schlug die Uhr auf dem Kaminsims die volle Stunde, und Nolita fuhr zusammen.

»Es ist ein Uhr! Bestimmt wird das Mittagessen gleich aufgetragen, und ich habe dich noch nicht gefragt, wo mein Zimmer ist, und noch gar nicht mit dem Auspacken angefangen.«

»Die Mädchen werden für Sie ausgepackt haben«, beruhigte Lady Bettine sie, »aber ich will Ihnen Ihr Zimmer zeigen.«

Sie sprang auf, und sie gingen über den Treppenabsatz draußen zu einem Zimmer, das sich, wie Nolita im stillen dachte, sehr von den im allgemeinen Gouvernanten zur Verfügung gestellten Zimmern unterschied.

Es war groß und außerordentlich hübsch möbliert, und es hatte zwei Fenster, die auf den Garten hinter dem Haus und den anschließenden Wald hinausgingen. Die Aussicht war wunderschön.

Erleichtert stellte Nolita fest, daß zwei Hausmädchen die großen Koffer auspackten und die farbenprächtigen und teuren Kleider ihrer Tante in den Schrank hängten.

»Haben Sie eine Menge Kleider!« rief Lady Bettine aus.

Nolita meinte, eine Spur weiblichen Neides aus ihrer Stimme herauszuhören.

»Meine Tante hat sie mir geschenkt«, sagte sie, »aber es wird lange dauern, bis ich sie tragen kann.«

»Warum denn das?«

»Weil sie alle geändert werden müssen, und das wird mich Wochen und Wochen, vielleicht Monate kosten.«

»Sie brauchen sie nicht zu ändern«, stellte Lady Bettine fest. »Das kann Miß Bromley tun.«

»Wer ist Miß Bromley?« fing Nolita an. Bettine hatte jedoch schon eins der Mädchen in ihrer üblichen kommandierenden Art beauftragt, sofort Miß Bromley zu holen.

Das Mädchen eilte davon, um die Anweisung auszuführen. »Miß Bromley ist die Näherin«, erklärte Lady Bettine. »Dauernd beklagt sie sich, daß ich unachtsam mit meinen Kleidern umgehe. Aber ich hasse Kleider. Ich weigere mich, die zu tragen, die Großmama mir von London mitbringt.«

»Warum?« Nolita warf einen Blick auf das mit Farbe beklekkerte, zerrissene Kleid, das Bettine anhatte.

»Die Kleider gehören zu ihrem Plan, mich dazu zu bringen, daß ich mich wie eine Dame benehme. Ich will keine Dame sein!«

Nolita lachte.

»Du kannst nichts daran ändern, daß du eine bist, und Kleider sind aufregend. Ich habe bisher noch nie so schöne Sachen besessen.«

Lady Bettine dachte eine Weile nach. Dann fragte sie: »Sie finden sie schön?«

»Wunderschön.«

Wieder herrschte Schweigen, bis Lady Bettine meinte: »Wahrscheinlich finden Sie das Kleid, das ich jetzt trage, häßlich.«

Ein kurzes Funkeln trat in Nolitas Augen.

»Da ich mich wie eine Dame benehme, bin ich zu höflich, das zu sagen.«

Nach kurzem Zögern stieß Lady Bettine barsch hervor, als bedeute es eine Anstrengung: »Ich werde gehen und mich umziehen – nicht, weil ich eine Dame sein will, sondern weil ich wie

Sie aussehen möchte.«

Nolita setzte sich auf einen Schemel vor dem Toilettentisch. Sie hatte soeben einen kleinen Sieg errungen, aber sie fühlte sich zu erschöpft, um sich darüber zu freuen.

Mit Lady Bettine mochte sie zurechtkommen, doch da waren immer noch die Marquise und ihr finsterblickender Sohn. Wie sie der Wahrheit entsprechend gesagt hatte, ließen sie Sarle-Park dunkel und häßlich erscheinen.

3. Kapitel

»Sie sind herrlich! Unvergleichlich!« Nolita gingen die Eigenschaftswörter aus.

Sie und Bettine hatten ein köstliches und ziemlich reichhaltiges Mittagsmahl, das von zwei Dienern serviert wurde, zu sich genommen, und danach hatte Nolita etwas zögernd vorgeschlagen, die Ställe aufzusuchen.

Lady Bettine hatte sie nur zu gern hingeführt.

»Das Haus zeige ich Ihnen später«, hatte sie erklärt. »Nur müssen wir vor fünf Uhr mit der Besichtigung fertig sein.«

»Warum bis fünf Uhr?« fragte Nolita.

»Weil dann die Hausgäste eintreffen. Hier finden übers Wochenende immer Gesellschaften statt.«

»Ich hoffe, ich werde niemandem begegnen«, platzte Nolita heraus, ohne nachzudenken.

»Das kann ich Ihnen nachfühlen«, pflichtete Bettine ihr bei. »Es kommen all die Frauen, die ein solches Theater um Papa machen.«

Sie warf sich in Positur und sagte mit affektierter, schmeichelnder Stimme: »Es ist alles einfach wundervoll, Marquis! So überaus wundervoll, Marquis – genau wie *Sie*!«

Es war eine geschickte, wenn auch unfreundliche Imitation, und Nolita sagte sich, dem Kind dürfe nicht erlaubt werden, sich auf diese Weise über seinen Vater lustig zu machen.

Gleichzeitig hatte sie das Gefühl, es wäre ein Fehler, wenn sie an allem, was Bettine sagte, etwas zu rügen und zu korrigieren fand.

»Sie lachen«, sagte Bettine.

»Ich hätte nicht lachen sollen«, gestand Nolita.

»Die Dienstboten lachen auch immer, wenn ich Papas Gäste nachmache. Schwieriger ist es, wie einer von Großmamas Gigolos zu reden.«

»Bettine! Das ist ein Ausdruck, den du nicht benutzen darfst!«

»Warum nicht?«

»Weil er unhöflich und herabsetzend ist...«

»So nennen die Dienstboten die Männer, die Großmama liebt.«

»Du solltest mit den Dienstboten nicht über deine Großmama oder deinen Vater sprechen«, wandte Nolita schwach ein.

Die ganze Situation war unmöglich.

Sie war nicht fähig, ein Mädchen in Bettines Alter in schicklichem Benehmen zu unterweisen. Je eher sie Sarle-Park verließ, um so besser.

»Sie denken sicher, was ich tue, ist häßlich?« fragte Bettine.

»Kommt es darauf an, was ich denke?« gab Nolita zurück.

Bettine überlegte ungefähr eine Sekunde lang.

»Ich möchte, daß Sie bleiben, weil Sie anders sind als all die alten Schachteln, die mir Unterricht geben wollten, und die Gouvernanten, die ich seit Nannys Tod hatte. Jedesmal, wenn ich den Mund aufmachte, rannten sie zu Großmama und beschwerten sich!«

»Das würde ich nie tun.«

Schweigen. Dann sagte Bettine: »Wenn Sie bleiben, will ich versuchen zu tun, was Sie möchten – solange es nicht zu schwierig ist.«

Nolita lächelte, und der unglückliche Ausdruck wich kurz aus ihren Augen.

»Wenn du das tust«, sagte sie, »will ich versuchen zu bleiben – zumindest für ein Weilchen.«

Auf dem Weg zu den Ställen redete sie sich zu, daß sie es zumindest probieren müsse.

Bettine tat ihr leid, aber sie fühlte auch, daß sie keine Kontrolle über ein Mädchen haben würde, das einen so komplizierten Charakter besaß und dem man sein befremdendes Benehmen bisher immer hatte durchgehen lassen.

Vielleicht genügt es, wenn ich ihr einfach eine Freundin bin, dachte sie. Sicher war sie sich jedoch nicht.

Doch als sie den Stall erreichten, vergaß sie alles in ihrer freudigen Erregung über die edelsten Pferde, die sie je gesehen hatte.

Wenn nur Papa hier wäre, dachte sie. Ihr Vater wäre ebenso in Ekstase geraten wie sie selbst.

Die Pferde waren so gut untergebracht, wie es dem Inneren des Hauses entsprach.

Die Boxen waren frisch getüncht und durchdacht angelegt, die Krippen entsprachen den neuesten Erkenntnissen, und in jeder Box war frisches Stroh. Dieser Anblick erweckte in Nolita den Wunsch, daß es Eros ebenso gut ergehen möge. Aber natürlich waren die Ställe des Marquis ebenso wie sein Haus etwas ganz Besonderes.

Ein älterer Reitknecht kam ihnen auf dem Hof entgegen und sagte Lady Bettine respektvoll guten Tag.

»Ich brauche Sie nicht, Sam«, erklärte Lady Bettine grob. »Ich werde Miß Walford herumführen.«

»Sehr wohl, Mylady, aber nehmen Sie sich vor Dragonfly in acht. Er ist heute schlechter Laune.«

»Das ist er immer«, erwiderte Lady Bettine. Sie mußte natürlich das letzte Wort haben.

Vorn im Stall fingen sie an und traten in jede einzelne Box. Nolita gefiel es, daß über jeder Krippe ein Brett mit dem Namen des Pferdes angebracht war.

Überrascht stellte sie fest, daß Lady Bettine eine ganze Menge über die Pferde wußte, über ihre Stammbäume, über die Rennen, die sie gewonnen hatten.

»Welches ist dein Lieblingspferd?« fragte sie, als sie schon mindestens ein Dutzend angesehen hatten.

Lady Bettine zuckte die Schultern.

»Ich reite nicht mehr oft.«

»Warum nicht?« fragte Nolita überrascht.

»Ich darf es nur, wenn mich ein Reitknecht am Leitzügel führt«, berichtete Lady Bettine, »und ich finde, dafür bin ich zu alt.«

»Ja, wirklich!« rief Nolita aus. »Und warum sollst du geführt werden?«

Lady Bettines Gesicht hatte sich wieder verfinstert.

»Weil ich so reich bin, fürchten sie, ich könne vom Pferd fallen und mir den Hals brechen oder mich verletzen.«

»Ich bin oft vom Pferd gefallen«, sagte Nolita, »und bisher habe ich mir noch nie einen Knochen gebrochen.«

»Das sagen Sie am besten Papa, obwohl ich nicht glaube, daß er auf Sie hören wird.«

Nolita hatte keine Lust, dem Marquis irgend etwas zu sagen, meinte jedoch nach einigem Nachdenken: »Vielleicht bekommst du später die Erlaubnis, mit mir auszureiten. Ich werde dann dafür sorgen, daß du dich nicht unnötig in Gefahr bringst.«

Lady Bettines Augen leuchteten auf.

»Das ist eine gute Idee! Wir wollen gleich morgen ausreiten.«

Nolita blickte zweifelnd drein, aber Lady Bettine fuhr fort: »Ich werde Sam sagen, daß Sie anstelle eines Reitknechts auf mich aufpassen, und wenn er darauf besteht, mir einen Leitzügel zu geben, werfen wir ihn weg, sobald wir vom Stall aus nicht mehr gesehen werden können.«

Nolita war gar nicht für eine solche Hinterhältigkeit. Trotzdem hatte sie volles Verständnis dafür, daß es einem Mädchen von elf keinen Spaß machte, sich wie ein ganz kleines Kind am Leitzügel führen zu lassen.

Sie hatte ihr Pony schon mit fünf allein reiten dürfen, und mit sieben hatte sie auf den Pferden ihres Vaters gesessen. Obwohl sie, wie sie Lady Bettine erzählt hatte, oft vom Pferd gefallen war, hatte sie sich nie ernsthaft verletzt, und kein Sturz hatte ihr den Wunsch genommen, sofort wieder aufzusteigen.

Sie besichtigten eine weitere Box. Aus der danebenliegenden waren die Geräusche eines sich unruhig bewegenden und mit den Hufen stampfenden Pferdes zu hören.

»Das ist Dragonfly«, sagte Lady Bettine. »Er hat stets schlechte Laune, und ich verstehe nicht, warum Papa ihn behält.«

Nolita schaute in die Box. Die Frage hätte sie mühelos beantworten können. Dragonfly war ein herrlicher Hengst, über siebzehn Handbreit hoch, mit schimmerndem Fell und einem Kopf, der von Michelangelo hätte modelliert sein können.

Er legte die Ohren zurück und zeigte die Zähne. Nolita redete ihm zu.

»Du bist ein edles, schönes Pferd«, sagte sie, »und da dich jeder so sehr bewundert, hast du keinen Grund, so unliebenswürdig zu sein.«

Dragonfly beäugte sie wachsam. Sie jedoch sprach mit leiser, melodischer, schmeichelnder Stimme weiter auf ihn ein, und nach einer Weile kam er zu ihr und legte seine Nase gegen die Bretter.

»Du bist schön. Sehr, sehr schön«, sagte Nolita, »und vielleicht darf ich dich eines Tages reiten.«

Lady Bettine öffnete den Mund zum Sprechen, aber Nolita bedeutete ihr mit einem Heben der Hand zu schweigen und beschäftigte sich weiter mit dem Pferd. Langsam öffnete sie die Tür der Box, wobei sie Dragonfly immer noch Schmeicheleien sagte.

Sam, der ahnte, was sie vorhatte, beobachtete sie aus geringer Entfernung. Er mischte sich aber nicht ein, und Nolita betrat die Box.

Dragonfly ließ es sich ruhig gefallen, daß sie ihm den Hals klopfte. Nach ein paar Minuten rieb er die Nase an ihrer Schulter, und sie streichelte ihn.

»Jetzt sind wir Freunde«, sagte Nolita. »Und wenn ich dich morgen besuchen komme, hoffe ich, daß du dich an mich erinnerst.«

Sie verließ die Box und schloß die Tür. Der Hengst kam an die Bretter, als bedauere er, daß sie ihn verließ.

Sam trat näher.

»Ich sehe, Sie kennen sich mit Pferden aus, Miß.«

»Dragonfly ist eins der schönsten Tiere, die ich je gesehen habe«, antwortete Nolita. »Ich glaube, was er braucht, ist jemand, der ihm schöntut.«

»Dazu hatten wir alle zuviel Angst, Miß.«

»Wenn Sie mich lassen, will ich es für Sie tun«, erbot sich Nolita. »Ich habe ihm versprochen, daß ich ihn morgen wieder besuche, und ich werde mein Wort nicht brechen.«

»Glauben Sie, er hat Sie verstanden?« fragte Lady Bettine.

»Das stelle ich mir gern vor«, gestand Nolita mit einem Lächeln.

»Sagen Sie Sam, daß wir morgen früh ausreiten wollen«, drängte Lady Bettine.

Nolita wandte sich dem Reitknecht zu.

»Ich bin eine sehr erfahrene Reiterin, und wenn Sie nichts dagegen haben, würde ich Ihre Ladyschaft gern ohne Begleiter auf einen Ritt mitnehmen.«

Sam sah einen Augenblick zweifelnd drein. Dann meinte er: »Ich bin sicher, daß das in Ordnung geht, Miß. Schließlich habe ich ja gesehen, daß Sie mit Pferden umgehen können, wie ich schon sagte.«

»Suchen wir die Pferde für morgen aus«, schlug Lady Bettine eifrig vor.

Bei einem so ausgezeichneten Bestand war es eine schwere Wahl. Schließlich sagte Nolita, sie würde gern einen Braunen nehmen, der sie an Eros erinnerte, und Lady Bettine entschloß sich für einen Fuchs, obwohl Sam ihr zu einem älteren und ruhigeren Pferd riet.

»Ich will Red Flag«, erklärte sie fest, »und ich werde ihn mir nehmen, ganz gleich, was Sie sagen!«

»Sehr wohl, Mylady«, antwortete Sam resigniert.

»Ich erlaube es nicht, daß du gefährliche Pferde reitest«, erklang eine scharfe Stimme.

Nolita und Lady Bettine erschraken beide und drehten sich um. Von ihnen unbemerkt war der Marquis in den Stall gekommen.

»Mir gefällt Red Flag, Papa!« Lady Bettine hatte wieder diesen aggressiven Ton in der Stimme.

»Es geht nicht darum, welches Pferd dir gefällt«, bemerkte der Marquis kühl, »sondern darum, welches du reiten und beherrschen kannst.«

»Ich habe nie eine Chance bekommen, das zu zeigen«, erwiderte Lady Bettine mißmutig. »Ich bin immer nur wie ein Spielzeug-Pudel herumgeführt worden!«

Der Marquis ignorierte diese Bemerkung und streckte Nolita die Hand entgegen.

»Guten Tag, Miß Walford! Ich muß mich entschuldigen, daß ich keine Ahnung hatte, wer Sie sind, als Sie heute vormittag eintrafen.«

Nolita knickste.

Sie hatte den Eindruck, daß der Marquis sie ein wenig überrascht betrachtete. Aber weil sie Angst vor ihm hatte, sah sie ihn nur flüchtig an, als sie ihm die Hand gab, und blickte dann zur Seite.

Sam schien darauf bedacht zu sein, alle Mißhelligkeiten zwischen Vater und Tochter aus dem Weg zu räumen. Er sagte: »Ich glaube, Mylord, Ihre Ladyschaft kann auf Red Flag gar nichts zustoßen, solange Miß Walford bei ihr ist.«

Der Marquis hob die Augenbrauen.

»Hat Miß Walford die Absicht zu reiten?«

»Mit Euer Lordschaft Erlaubnis. Sie versteht sich auf Pferde, Mylord, und ist eben in Dragonflys Box gewesen. Er läßt sich von ihr den Hals klopfen und reibt seine Nase an ihr. Ich hätte das nicht für möglich gehalten, so schlechter Laune war er in den letzten paar Tagen.«

»Ich kann kaum glauben, daß Sie mir die Wahrheit erzählen!« rief der Marquis aus.

Lady Bettine quietschte vergnügt.

»Wir wollen dir zeigen, Papa, was Miß Walford fertigbringt.« Sie nahm Nolita bei der Hand.

»Kommen Sie, reden Sie mit Dragonfly, wie Sie es eben getan haben. Dann kann Papa mit eigenen Augen sehen, daß Sam ihn nicht anlügt!«

Sie wollte Nolita mit sich ziehen, aber Nolita widersetzte sich ihr.

»N-nein«, sagte sie nervös. »Nein ... das möchte ich ... lieber nicht tun.«

»Oh, kommen Sie«, flehte Bettine. »Wenn Sie es nicht tun, wird Papa nie glauben, daß Sie fähig sind, mit mir auszureiten, und wenn ich geführt werden muß, werde ich nie wieder in die Nähe eines Pferdes gehen!«

Diese Drohung entschied es; Nolita gab nach. Wenn Bettine nicht ritt, bekam sie selbst auch keine Möglichkeit dazu, und obwohl es ihr beinahe wie Untreue gegen Eros vorkam, sehnte sie sich danach, die Pferde des Marquis zu reiten.

Sie hatte solche Scheu vor ihm, daß sie ihn nicht ansah, aber sie ließ sich von Bettine zu Dragonflys Box ziehen.

Als habe er gewußt, daß sie kommen würde, wartete der Hengst auf sie, die Nase an die Bretter gedrückt. Nolita redete mit ihm, wie sie es zuvor getan hatte, allerdings leiser, denn der Marquis hörte zu. Ohne Hast öffnete sie die Tür. Sie klopfte dem Pferd den Hals, und wieder rieb es seine Nase an ihrer Schulter.

Doch irgendwie hatte sie das Gefühl, der Marquis habe immer noch Zweifel an ihrer Fähigkeit und halte es für einen Zufall, daß Dragonfly heute in besserer Laune sei als sonst.

»Gib mir ein Halfter«, sagte sie zu Bettine, die in der Nähe stand.

Das Kind nahm eins von seinem Platz am Haken, und Nolita streifte es Dragonfly über den Kopf.

»Du kommst mit auf einen Spaziergang, Junge«, flüsterte sie. »Ich möchte dich draußen im Sonnenschein sehen.«

Immer weiter mit ihm redend, führte sie ihn aus der Box auf den Stallhof.

Nicht nur der Marquis und Sam beobachteten sie, sondern auch eine Reihe von Stalljungen, die sie fassungslos angafften. Nolita führte das große Pferd über die Pflastersteine und hatte keine Ahnung, wie klein und reizend sie dabei aussah.

Sie hatte nicht damit gerechnet, daß sie und Bettine irgend jemandem begegnen würden. Deshalb hatte sie für den Besuch im Stall keinen Hut aufgesetzt, sondern es so gemacht wie sie es von zu Hause gewohnt gewesen war: Sie war aus dem Haus gestürmt, wie sie ging und stand. Der einzige Unterschied zu früher war das elegante Kleid, das die Zofe ihrer Tante für sie geändert hatte. Es war täuschend schlicht, aus weißem Musselin, bestickt mit blauen Blümchen. Lady Katherine hatte es ausgesucht, weil sie hoffte, darin jünger auszusehen, als sie war.

An Nolita war es genau das richtige Kleid – ein Kleid für ein sehr junges Mädchen. Ihr Haar leuchtete im Licht wie die ersten Strahlen der Morgensonne, und der unglückliche Ausdruck war aus ihren Augen verschwunden. Sie und der schwarze Hengst gaben ein Bild ab, das die Zuschauer nie vergessen würden.

Nolita führte den Hengst bis zum Ende des Stallhofes. Er

benahm sich wie auf dem Vorführplatz, hielt den Kopf hoch und bewegte sich mit der Grazie, die den Marquis bewogen hatte, ihn zu kaufen.

»Er bockt nicht, er schlägt nicht aus«, murmelte Sam vor sich hin. »Ich habe Dragonfly noch nie so brav gesehen, Mylord, seit wir ihn haben.«

Nolita brachte ihn zurück, und Sam trat vor, um ihr den Halfterstrick abzunehmen. Da bäumte sich Dragonfly zum erstenmal auf und gab so zu erkennen, daß er sich von Sam nicht berühren lassen wollte.

»Ruhig, Junge«, sagte Nolita leise. »Ich bringe dich in deine Box, und morgen können wir vielleicht einen längeren Spaziergang machen oder sogar ausreiten.«

Sie sah bei diesen Worten Sam an und vergaß ganz, daß der Marquis anwesend war. Bevor er etwas dazu sagen konnte, führte Nolita Dragonfly zurück in seine Box, nahm ihm das Halfter ab, klopfte ihm das Fell und schloß ihn ein.

Lady Bettine klatschte in die Hände.

»Jetzt siehst du, daß ich bei Miß Walford sicher sein werde, wenn es das ist, worüber du dir Sorgen machst«, wandte sie sich an ihren Vater.

»In der Tat, das habe ich gesehen«, erwiderte der Marquis.

Er wartete, bis Nolita sich ihnen zugesellte. Dann sagte er: »Wenn Sie und Bettine ins Haus zurückkehren, Miß Walford, würde ich gern mit Ihnen sprechen. Ich bin in meinem Arbeitszimmer.«

»Du wirst sie nicht einschüchtern!« sagte Bettine scharf.

»Wie meinst du das?« fragte der Marquis.

»Sie hat Angst, wenn Leute sie einschüchtern«, erklärte Bettine, »und wenn sie zuviel Angst bekommt, wird sie weggehen. Ich will sie hier haben, hörst du? Ich will, daß sie hier bleibt!«

Der Marquis antwortete nicht. Er sah seine Tochter nur an. Offensichtlich ärgerte er sich sehr über die Art, wie sie sprach, und über den trotzigen Blick, mit dem sie zu ihm aufblickte. Wortlos drehte er sich auf dem Absatz um und ging den Stallhof hinunter. Nolita und Bettine sahen ihm nach.

»Weshalb will er mit Ihnen reden?« fragte Bettine. Sam war

taktvoll im Stall verschwunden.

»Ich nehme an«, meinte Nolita nach kurzer Pause, »er will mir sagen, in welcher Weise ich mich um dich kümmern soll.«

»Wenn er Gemeinheiten über mich sagt, werden Sie nicht auf ihn hören. Versprechen Sie mir das?«

Nolita dachte nach. Dann sagte sie: »Ich verspreche, daß ich mir meine eigene Meinung über dich bilden werde und mich von nichts, was jemand anderes sagt, beeinflussen lassen.«

Auf der Stelle verschwand der Zorn aus Bettines Gesicht.

»Das geht in Ordnung. Ich werde mir Mühe geben, daß Sie mich gern haben. Und Sie sollten Papa lieber verzaubern, wie Sie es bei Dragonfly gemacht haben.«

»Das ist ... ausgeschlossen«, sagte Nolita schnell.

»Warum?« fragte Bettine.

»Weil ... Drangonfly ... ein Pferd ist.«

»Aber Papa ist ebenso unliebenswürdig.«

Das stimmte allerdings. Nolita dachte daran, wie er bei ihrer Ankunft den Reitknecht behandelt hatte. Sie schalt sich selbst töricht, aber sie konnte die Angst vor dem Gespräch mit dem Marquis nicht bannen.

Nachdem sie sich alle Pferde angesehen hatten, machten sie einen Rundgang durch den Garten. Nolita stellte fest, daß es ihr schwerfiel, Bettines Geplauder zu folgen.

Vielleicht, dachte sie, sieht es der Marquis als Prahlerei an, daß ich zum zweitenmal in Dragonflys Box gegangen bin, und vielleicht möchte er nicht, daß jemand in meiner Position seine herrlichen Pferde reitet.

Sie hatte keine Ahnung, was er dachte oder was er sagen würde. Natürlich mußte sie seiner Anordnung folgen und sich in seinem Arbeitszimmer melden, aber am liebsten wäre sie fortgelaufen, nicht nur fort von ihm, sondern auch von Sarle-Park und allen seinen Bewohnern.

Um Bettine tat es ihr jeden Augenblick, den sie mit ihr zusammen war, mehr leid. Was das Kind wirklich brauchte, war eine verständnisvolle Seele, die ihr abgewöhnte, so unfreundlich und trotzig zu sein.

Ich habe nicht genug Erfahrung, und vielleicht mache ich es

schlimmer statt besser, dachte Nolita.

Doch im Grunde war es der Gedanke an die Unterredung mit dem Marquis, der sie nervös machte, das wußte sie selbst.

Das beste war, sie brachte es hinter sich. Auf dem Rückweg zum Haus sagte sie: »Ich glaube, jetzt muß ich zu deinem Vater gehen.«

»Er wird auf Sie warten, falls nicht schon Gäste eingetroffen sind.«

Da sie den Freunden des Marquis auf keinen Fall begegnen wollte, entschloß sich Nolita, das Arbeitszimmer sofort aufzusuchen.

»Wo finde ich ihn?« erkundigte sie sich bei Bettine.

»Ich zeige Ihnen den Weg zum Arbeitszimmer.« Bettine setzte hinzu: »Als ich ein kleines Mädchen war, lernte ich von Nanny Kinderreime. ›Im Schloß der König zählte, was er an Geld besaß ...‹ Den König stellte ich mir immer wie Papa vor, nur daß er natürlich *mein* Geld zählt.«

Nolita äußerte sich nicht dazu, und Bettine erzählte weiter: »›Die Königin am Tische den ganzen Honig aß‹ ... Das war natürlich Großmama, und ihre jungen Männer waren der Honig. Sie hatte einmal einen, dessen Haar war gelb wie Honig, und er sprach mit wehleidiger, klebriger Stimme.«

Sie gingen einen Korridor hinunter, der von der Eingangshalle abbog. Über erlesenen französischen Möbeln hingen sehr gute Bilder.

Nolita war sich jedoch nur bewußt, daß ihr Herz genauso wild klopfte wie am Vormittag, als der Marquis den Stalljungen geschüttelt hatte. Ihre Lippen waren trocken, und sie fürchtete, nicht sprechen zu können, wenn er ihr eine Frage stellte.

Bettine blieb stehen und öffnete eine Tür. Nolita folgte ihr in einen weiteren großen, eindrucksvollen Raum.

Es war das ideale Arbeitszimmer für einen Mann, mit Sofas und bequemen Armsesseln in rotem Leder, mit Pferdebildern, gemalt von Stubbs und Sartorius, an den Wänden und einem großen Schreibtisch in der Mitte des Raumes. An dem Schreibtisch saß der Marquis.

Er blickte hoch, als seine Tochter und Nolita eintraten, und stand langsam auf.

»Hier ist Miß Walford, Papa«, verkündete Bettine. »Sei ja nett zu ihr!«

»Wenn ich deinen Rat wünsche, Bettine«, erwiderte der Marquis, »werde ich dich darum bitten.«

Bettine maß ihn mit einem bösen Blick, und Nolita stellte unglücklich fest, daß er ihn ebenso erwiderte.

»Ich möchte mit Miß Walford allein sprechen«, sagte der Marquis.

»Das habe ich mir gedacht«, gab Bettine zurück. »Aber ich warne dich, wenn du sie verscheuchst und sie weggeht, schreie ich das ganze Haus zusammen und schlage alle Sachen kaputt, die du gern hast.«

»Das genügt, Bettine!« fiel der Marquis mit Donnerstimme ein. »Geh wieder ins Unterrichtszimmer und warte dort auf Miß Walford.«

Bettine wollte gerade wieder etwas entgegnen, aber Nolita sagte flehend: »Bitte ... Bettine ... bitte ...«

Das Kind sah sie an. Nach einem Augenblick des Zögerns marschierte sie aus dem Zimmer und knallte die Tür hinter sich zu.

Nolita sah ihr nach und wünschte, sie könne auch gehen. Der Wortwechsel hatte ihr Herzklopfen verstärkt, und so sehr sie dagegen ankämpfte, sie zitterte.

»Ich kann mich für meine Tochter nur entschuldigen«, sagte der Marquis. »Kommen Sie, setzen Sie sich, Miß Walford.«

Er wies auf einen Sessel, der seinem Schreibtisch gegenüberstand. Nolita hatte das Gefühl, ihre Beine würden sie nicht mehr lange tragen. Deshalb setzte sie sich dankbar.

Ihre ängstlichen, wachsamen Augen schienen ihr ganzes Gesicht auszufüllen. Sie wartete, daß der Marquis beginnen würde. Doch der betrachtete sie erst eine Weile.

»Sie sind viel jünger, als ich mir vorgestellt hatte.«

»Das sagen ... alle«, antwortete Nolita, »aber ... ich kann nichts ... dagegen tun.«

»Nein, natürlich nicht«, stimmte der Marquis mit einem Lächeln zu, »und Bettine hält es offenbar nicht für einen Nachteil.«

Nolita schwieg.

Er fuhr fort: »Ich habe den Verdacht, daß man Ihnen, bevor Sie hierherkamen, eine Tatsache verschwiegen hat, wenn Ihre Tante die Wahrheit auch eigentlich kennen müßte. Bettine ist ein ›Problemkind‹, und niemand von uns wird mit ihr fertig.«

Nolita brachte es nicht über sich, ihn noch länger anzusehen. Sie schlug die Augen nieder, so daß ihre Wimpern dunkel von ihren blassen Wangen abstachen.

»Ganz offen herausgesagt«, fuhr der Marquis fort, »alle Leute, die wir bisher engagiert hatten, fanden sie unerträglich grob und ungehorsam, und entweder kündigten sie selbst, oder meine Mutter entließ sie wegen Unfähigkeit.«

Er hielt inne, und Nolita erkannte, daß er auf eine Stellungnahme von ihr wartete.

Das Sprechen machte ihr Mühe. Mit dünner, zögernder Stimme sagte sie: »Ich habe ... den Eindruck gewonnen, daß ... Bettine sehr an ... ihrer Nanny hing.«

»Ihre Nanny war der einzige Mensch, für den sie jemals Zuneigung empfunden hat«, stellte der Marquis trocken fest. »Aber die Frau bekam die Schwindsucht, und klugerweise schickte meine Mutter sie weg.«

»H-hat sie ... Bettine erklärt, warum ... das notwendig war?«

»Ich habe wirklich keine Ahnung«, gab der Marquis zu, »ich nehme es aber an.«

Nolita hielt das für unwahrscheinlich, meinte jedoch bloß: »Ich könnte mir denken ... daß sie ihre Nanny verloren hat, die sie ... liebte, hat in Bettine ein ... Gefühl der Unsicherheit ausgelöst, und das ... macht sie aggressiv.«

»Sie reden, als hätten Sie eine Menge über das Thema Kinder gelernt«, sagte der Marquis – sarkastisch, wie Nolita glaubte.

»Ich fürchte, ich ... weiß sehr wenig ... darüber. Aber Bettine ... tut mir leid.«

»Leid?« wunderte sich der Marquis. »Warum tut sie Ihnen leid? Sie hat alles auf der Welt, was sie sich wünschen kann, und falls etwas fehlt, kann man es ihr kaufen.«

In seiner Art zu sprechen lag etwas, das Nolita ärgerte. Sie hielt seine ganze Einstellung zu seiner Tochter für falsch, und so sehr sie sich auch vor ihm fürchtete, lag doch etwas Herausforderndes in ihrer Antwort.

»Auch wenn Sie mir nicht zustimmen, denke ich ... was Bettine sich wünscht, kann man nicht ... kaufen.«

»Vielleicht erklären Sie mir, was Sie damit meinen.«

»Ich meine ... seit ihre Nanny starb ... fehlt es Bettine an ... Liebe.«

Die Worte waren fast geflüstert, aber der Marquis hörte sie. Er sah Nolita überrascht an, öffnete den Mund wie zu einer scharfen Entgegnung und stand dann unerwartet auf. Er ging durch das Zimmer, blieb vor dem Kaminsims stehen und blickte auf die Feuerstelle hinab, die mit Blumen gefüllt war.

Nach einer Weile sagte er – und das hatte Nolita nicht erwartet –: »Sie wollen vermutlich andeuten, daß das Kind eine Mutter braucht.«

Mit plötzlicher Hellsichtigkeit erkannte Nolita, daß ihm bereits eine ganze Zahl von Frauen angeboten hatte, diese Rolle zu übernehmen. Sie konnte sich vorstellen, welchen Typ sie verkörperten: hart und ohne Mitgefühl wie ihre Tante Katherine. Die Wirkung auf Bettine wäre katastrophal!

»Ich glaube ... die meisten kleinen Mädchen ... lieben ihren Vater ebenso ... wenn nicht mehr als ... ihre Mutter.«

Der Marquis drehte sich um.

»Wollen Sie darauf hinaus, daß ich meiner Tochter nicht die Zuneigung gebe, auf die sie ein Recht hat?«

Er sprach ziemlich laut und barsch, und weil sie das ängstigte, beteuerte Nolita schnell: »Es tut mir leid ... ich hätte das ... nicht sagen sollen. Aber ich wollte ... nur helfen.«

Das Beben in ihrer Stimme war so unverkennbar, daß der Marquis sie verblüfft anstarrte. Dann stellte er fest: »Sie haben tatsächlich Angst. Warum sind Sie hergekommen, wenn Sie sich so fürchten?«

»Meine Tante ... verlangte es von mir«, stammelte Nolita. »Ich habe ... keinen anderen Ort, an den ich ... gehen könnte und ... kein Geld.«

Der Marquis sah aus, als hätte er den Verdacht, sie spreche nicht ganz die Wahrheit. Dann sagte er in völlig verändertem

Ton: »Als meine Mutter mir berichtete, Lady Katherine habe ihre Nichte als Gesellschafterin für Bettine vorgeschlagen, setzte ich voraus – soweit ich überhaupt nachgedacht habe –, daß Sie einverstanden seien und gerne kämen.«

»Da Tante Katherine nicht erlauben wollte, daß ich ... nach dem Tod meiner Eltern ... allein im Hause bleibe«, gestand Nolita, »hatte ich keine andere Wahl.«

»Jetzt verstehe ich, was sich abgespielt hat«, sagte der Marquis. »Vielleicht, Miß Walford, wäre es eine gute Idee, wenn wir sozusagen noch einmal von vorn anfangen würden.«

Nolita blickte zu ihm auf, als verstehe sie nicht, und er lächelte.

»Kommen Sie hier herüber, setzen Sie sich in einen bequemen Sessel und erzählen Sie mir, ob Sie meine Tochter zähmen können, wie Sie Dragonfly gezähmt haben.«

Nolita erhob sich gehorsam, und dabei fiel ihr ein, daß Bettine fast das gleiche gesagt hatte: Sie solle ihren Vater bezaubern, wie sie Dragonfly bezaubert habe.

Sie durchquerte das Zimmer und setzte sich in einen der roten Ledersessel. Mit immer noch mißtrauischen Augen musterte sie den Marquis, der ihr gegenüber Platz nahm.

»Ich fürchte«, begann er, »Sie müssen das Gefühl gehabt haben, an einen ziemlich merkwürdigen Ort geraten zu sein, als Sie im Augenblick Ihrer Ankunft Zeugin dieses unglücklichen Vorfalls wurden.«

In heißem Erröten stieg Nolita das Blut in die Wangen.

»Zweifellos haben Sie gedacht, ich sei gegen den Jungen zu heftig gewesen«, fuhr der Marquis fort. »Aber wenn es etwas gibt, das ich nicht vertrage, dann ist es Grausamkeit gegen meine Pferde, und der Junge hätte überhaupt nicht eingestellt werden dürfen.«

»Es war ... nicht recht von ihm, aber ...«

Ihr kam zu Bewußtsein, daß ihr fast eine taktlose Bemerkung entschlüpft wäre, und ihre Stimme erstarb.

»... aber ich habe übertrieben darauf reagiert«, beendete der Marquis den Satz. »Sie haben völlig recht, Miß Walford. Doch ich hatte mich über etwas anderes aufgeregt, bevor ich an die Haustür kam.«

Das war fast eine Entschuldigung. Nolita wußte nicht recht, was sie sagen oder tun sollte.

»Ebenso muß Bettine Ihnen bei der ersten Begegnung einen Schock versetzt haben, es sei denn, meine Mutter hatte Sie darauf vorbereitet, was für ein Kind sie ist.«

Nolita konnte unmöglich sagen, die Marquise sei einschüchternder gewesen als ihre Enkelin. Deshalb schwieg sie.

»Sie sind erst ein paar Stunden hier, und wieviel ist in dieser Zeit passiert. Aber Sie haben meine Pferde gesehen, und ich habe das Gefühl – natürlich kann ich mich täuschen –, daß sie Sie für vieles andere entschädigen werden.«

So ist es, dachte Nolita.

»Sie werden Bettine ... ohne Leitzügel ... mit mir ausreiten lassen?« fragte sie.

»Das überlasse ich wie alle anderen Entscheidungen völlig Ihrem Ermessen, Miß Walford«, antwortete der Marquis. »Im Augenblick beunruhigt es mich, daß wir Sie – wenn auch unabsichtlich – so geängstigt haben.«

»Das ist nur, weil ... alles neu ist ... und mir ... meine Mutter und mein Vater so fehlen«, brachte Nolita heraus.

»Wie ich hörte, kamen sie beide bei einem Unfall ums Leben«, sagte der Marquis freundlich.

Nolita nickte. Es war ihr unmöglich, zu sprechen.

»Ich kann verstehen, was Sie empfinden, und auch, wie fremd Ihnen alles vorkommen muß«, sagte der Marquis. »Ich bitte Sie nur um eins. Geben Sie uns eine faire Chance, bevor Sie entscheiden, daß die Situation ganz und gar unerträglich ist.«

Genau das hatte Nolita sich vorgenommen. Sie sah ihn an, bevor sie antwortete: »Das möchte ich gern, aber ... ich fürchte, Sie werden feststellen, daß ich ... unzulänglich bin.«

»Das ist das letzte Wort, das ich auf Sie anwenden würde, Miß Walford. Mein Instinkt sagt mir – auch wenn ich sonst keinen Grund zu der Annahme habe –, daß Sie bei meiner Tochter Erfolg haben werden, wo jeder andere versagt hat.«

Seine Lippen zuckten.

»Zwar hat sie ihre eigene Art, es zu zeigen, aber zum erstenmal habe ich bei ihr erlebt, daß sie sich um jemand anderen als sich selbst Sorgen macht.«

»Ich will versuchen ... das zu tun, was ... richtig ist, Mylord«, versprach Nolita nach einer kleinen Pause. »Aber ist Ihnen klar, daß ich ... nie zuvor in einem Haus wie diesem gelebt habe und vielleicht ... viele Fehler machen oder Dinge tun werde, die Sie ... mißbilligen?«

»Das bezweifle ich sehr«, versicherte der Marquis ihr. »Ich glaube, Ihr Instinkt für das, was richtig und was falsch ist, ist ebensogut wie – sollen wir sagen, mein Instinkt beim Auswählen eines Pferdes? Ich behaupte nicht, sicher bei menschlichen Wesen zu sein.«

»Ihre Pferde sind wundervoll!«

Beim Gedanken an die Tiere, die sie gerade im Stall gesehen hatte, leuchteten Nolitas Augen auf.

»Ich habe den Eindruck, Pferde bedeuten Ihnen viel«, meinte der Marquis.

»Ich habe Papa immer geholfen, Pferde zu trainieren. Auf diese Weise verdiente er Geld, aber wir mußten sehr schwer arbeiten.«

»Sind Sie zu irgendwelchen Schlüssen gekommen, wie man am besten vorgeht?« fragte der Marquis.

Er glaubte nicht, daß sie ihm irgend etwas Neues sagen könne, aber Nolita wollte ihm ehrlich antworten.

»Ich habe festgestellt, Mylord, daß alle Pferde ... und das ist keine Verallgemeinerung ... wie Dragonfly reagieren, wenn man sie ... behandelt, als seien sie ... etwas Besonderes und ihnen Zuneigung und ... Liebe gibt.«

»Da sind wir also wieder bei der Liebe, Miß Walford«, bemerkte der Marquis. »Ich habe den Eindruck, Sie glauben, es fehle daran nicht nur meinen Pferden und meiner Tochter, sondern ebenso einigen anderen Leuten im Haus, mich eingeschlossen.«

Der zynische Ton seiner Stimme und das zuckende Lächeln auf seinen Lippen waren nicht mißzuverstehen. Nolitas Herz begann von neuem zu rasen.

»Diese Frage ... kann ich nicht beantworten, Mylord.«

Fürchtend, er könne das Thema weiter verfolgen, stand sie auf.

»B-Bitte ... darf ich jetzt wieder ... ins Unterrichtszimmer gehen?« fragte sie. »Wie Sie vorhin erwähnten, bin ich erst ein paar Stunden hier. Vieleicht, wenn ich ... länger hier gewesen bin, kann ich Ihnen sagen, was Sie ... tun können, um ... Bettine zu helfen. Alles andere geht mich ... n-nichts an.«

Der Marquis erhob sich langsam.

»Sie haben völlig recht, Miß Walford«, stimmte er zu. »Bettine – sie ganz allein – ist der Grund, warum Sie hier sind.«

Er öffnete die Tür seines Arbeitszimmers. Draußen im Flur überkam Nolita das Gefühl, sie sei einem Verhör entronnen, das nicht ganz so schlimm verlaufen war, wie sie gefürchtet hatte.

Der Marquis, so dachte sie bei sich, war nicht nur angsteinflößend, es war auch unmöglich zu begreifen, warum er war, wie er war.

Endlich von ihm befreit, war ihr, als habe sie Flügel an den Füßen. Sie lief die Treppe hinauf und zurück ins Unterrichtszimmer, wo Bettine auf sie wartete.

Als Nolita eintrat, stürmte das Kind zu ihrem Erstaunen auf sie zu, schlang die Arme um sie und rief: »Geht es Ihnen gut? Papa hat Sie nicht verärgert? Sie werden nicht abreisen?«

Ihre Worte überstürzten sich.

»Mir geht es gut«, lächelte Nolita, »und du darfst ohne Leitzügel ausreiten, und ich darf für dich alles besorgen, was du möchtest.«

Bettine stieß einen Begeisterungsschrei aus.

»Oh, sind Sie schlau! Schlau! Ich habe mir gleich gedacht, daß Sie Papa bezaubern würden!«

»Ich glaube nicht, daß ich ihn ... bezaubert habe«, wehrte Nolita ab, »aber solange du nicht etwas sehr ... Törichtes tust, das ihn ärgert, bin ich sicher, er wird sich nicht ... einmischen.«

Bettine klatschte in die Hände.

»So wollte ich es haben. Nun können wir viel Spaß miteinander haben.« Ihre Augen strahlten, ihre Lippen lächelten.

»Es wird aufregend sein, Sie hier zu haben! Und – wer weiß? –, so schrecklich ich es mir vorstelle, vielleicht verwandeln Sie mich doch noch in eine Dame.«

4. Kapitel

Red Flag segelte über das kleine Hindernis, und Bettine hielt ihn neben Nolita an.

»Sehr gut!« rief Nolita aus. »Das hast du großartig gemacht!«

Bettines Augen leuchteten.

»Wirklich?« fragte sie. »Das sagen Sie nicht nur so?«

»Ich sage nie etwas, das nicht der Wahrheit entspricht, ganz besonders dann nicht, wenn es um Pferde geht«, antwortete Nolita. »Du wirst jeden Tag besser.«

Dies war der dritte Morgen, an dem sie schon früh das Haus verlassen hatten. Nolita hatte festgestellt, daß Bettine recht gut ritt, abgesehen davon, daß sie bisher nicht gelernt hatte, richtig auf einem Pferd zu sitzen und es zu lenken.

Jetzt hatte Nolita für das Kind etwas Neues gefunden. Von Tag zu Tag hatte es Bettine eiliger, zum Stall zu laufen, sobald sie mit dem Frühstück fertig waren.

Ihr Benehmen hatte sich merklich gebessert. Der Grund dafür war, daß sie Nolita gefallen und keineswegs verärgern wollte.

Nolita korrigierte Bettine nicht, wenn sie in aggressivem Ton mit den Dienstboten sprach oder, um eine Gefälligkeit gebeten, ein böses Gesicht zog.

Aber Nolita merkte, daß Bettine jedesmal, wenn sie laut und barsch sprach, mit einem schnellen Blick prüfte, ob Nolita diesen Ton mißbilligte, und dann sofort die Stimme senkte. Kleine Szenen und Wutanfälle waren so sehr Teil von Bettines Persönlichkeit, daß Nolita sie kaum noch zur Kenntnis nahm.

Gestern morgen, am Sonntag, war Bettine hochgefahren, als Nolita gesagt hatte, daß sie nur einen kurzen Ritt machen könnten, weil sie sich für den Kirchgang umziehen müßten.

»Kirche!« hatte Bettine ausgerufen. »Ich gehe nicht in die Kirche!«

»Aber ich«, hatte Nolita erklärt, »und ich habe festgestellt, daß der Gottesdienst um elf Uhr beginnt. Deshalb wäre ich dir sehr dankbar, wenn du einen Wagen für halb elf bestellen würdest.«

»Weshalb wollen Sie zur Kirche gehen?« hatte Bettine sich mißmutig erkundigt.

Nolita hatte einen Augenblick nachgedacht.

»Ich möchte zu Gott beten ...«

»Ich glaube nicht, daß es Gott gibt. Und falls es ihn doch gibt, hasse ich ihn, weil er Nanny hat sterben lassen.«

Das war die Gelegenheit, auf die Nolita gewartet hatte.

»Ich meine wirklich«, sagte sie leise, »du solltest Gott danken, daß er Nanny in den Himmel geholt hat.«

»Ihm *danken*?« fragte Bettine ungläubig. »Ich wollte, daß sie bei mir blieb!«

»Vielleicht hat deine Großmutter dir nicht erzählt, daß deine Nanny krank, sehr krank war.«

»Großmama sagte, sie mache Ferien. Und als ich nicht aufhörte zu fragen, warum sie nicht zurückkomme, wurde mir mitgeteilt, sie sei tot!«

Bei sich dachte Nolita, daß sich Erwachsene oft verständnislos und grausam gegen Kinder betrugen. Laut sagte sie: »Dein Vater berichtete mir, die arme Nanny habe die Schwindsucht gehabt. Das ist eine schreckliche Krankheit, man wird dabei schwächer und schwächer und hustet und hustet, bis man schließlich unter großen Schmerzen stirbt.«

»Das glaube ich nicht!« Bettines Stimme klang zornig.

»Es ist die Wahrheit. Und darum solltest du, wenn du deine Nanny geliebt hast, Gott sehr dankbar sein, daß er sie nicht hat länger leiden lassen.«

»Wenn sie es mir gesagt hätten, wäre ich zu ihr gegangen und hätte mich von ihr verabschiedet!«

»Natürlich hättest du das gern getan«, stimmte Nolita ihr zu. »Aber deine Nanny wußte, daß Schwindsucht ansteckend ist, und da sie dich liebte, wollte sie dich nicht in Gefahr bringen.«

Nolita sah, daß man Bettine diesen Aspekt der Situation nie erklärt hatte, und während das Kind noch darüber nachdachte, fuhr sie fort: »Ich gehe in die Kirche, weil ich mich dann meiner Mutter nahe fühle, und ich möchte sie ebenso um Hilfe bitten wie Gott.«

»Hilfe wobei?« wollte Bettine neugierig wissen.

Nolita sagte ihr die Wahrheit.

»Daß ich, solange ich hier in Sarle-Park bin, das Richtige tue. Ich weiß, sie ist mir immer nahe, aber ich empfinde das in der Kirche deutlicher.«

Es herrschte Schweigen. Dann fragte Bettine mit dünner Stimme: »Wenn ich mitkäme, würde ich dann spüren, daß Nanny mir nahe ist?«

»Davon bin ich überzeugt«, erwiderte Nolita, »aber auf jeden Fall hast du Gott für sehr vieles zu danken, und beten heißt nicht immer bitten. Wir müssen Gott auch sagen, wie dankbar wir sind.«

Mehr sagte sie nicht.

Als sie vom Reiten zurückkamen, und Nolita in ihr Zimmer gehen wollte, um sich umzuziehen, fragte Bettine: »Muß ich einen Hut aufsetzen?«

»Damen bedecken in Kirchen den Kopf, weil das als höflich angesehen wird«, antwortete Nolita. »In anderen Religionen gibt es andere Höflichkeitsformen. Zum Beispiel zieht man in Moscheen die Schuhe aus.«

Bettine lachte, und die Falte zwischen ihren Augenbrauen verschwand.

»Sollen wir so tun, als seien wir in einer Moschee?«

»Ich glaube, da würde der Pfarrer sich sehr wundern«, lächelte Nolita.

Sie merkte, daß das Kind immer noch zögerte, und schlug vor: »Wenn du nicht mitgehen willst, verstehe ich das durchaus und werde allein gehen.«

»Möchten Sie, daß ich mitgehe?«

»Natürlich«, versicherte Nolita ihr. »Ich weiß doch gar nicht, wohin ich mich setzen soll, und werde mir ohne dich einsam vorkommen.«

»Ich werde mein bestes Kleid anziehen.«

Nolita sagte sich, in der Vergangenheit habe sich bestimmt

niemand einfallen lassen, das Kind um Hilfe zu bitten oder um etwas, das es zu geben fähig war.

Offenbar war Bettine in dem Glauben erzogen worden, da sie reich sei, könne sie sich alles kaufen, was sie wolle, und habe es nicht nötig, sich persönlich anzustrengen.

Miß Bromley hatte ein sehr hübsches Kleid für Nolita geändert. Dazu trug sie einen mit Blumen besetzten Hut und einen passenden Sonnenschirm.

»Ich möchte auch einen Sonnenschirm haben«, sagte Bettine, kaum daß sie ihn gesehen hatte.

»Sicher, du bekommst einen. Nimm einen von meinen«, bot Nolita ihr an. »Ich habe ein halbes Dutzend im Schrank. Welcher gefällt dir am besten?«

»Ist das Ihr Ernst?« wunderte Bettine sich. »Großmama läßt mich nie etwas anfassen, das ihr gehört.«

»Meine Tante war so freundlich, mir alles zu schenken, was ich besitze«, sagte Nolita, »und wenn sie ihre Kleider mit mir geteilt hat, bin ich gern bereit, sie mit dir zu teilen.«

Bettine suchte sich einen Sonnenschirm aus, der gut zu ihrem Kleid paßte, das sehr hübsch und elegant war.

Nolita hatte mittlerweile längst begriffen, daß das Kleid, das Bettine am Tag ihrer Ankunft getragen hatte, eine Flagge der Herausforderung gewesen war, denn sie hatte es nie wieder zu sehen bekommen.

Ein Wagen wartete am Haupteingang. Sie stiegen die breite Treppe hinunter, und Nolita hoffte, sie würden keinem der Freunde des Marquis begegnen, die das Haus seit Freitagabend bevölkerten.

Keiner der Gäste hatte Bettine zu sehen verlangt. Nolita und sie hatten immer darauf geachtet, sich vom Garten fernzuhalten und den Stall zu einer Zeit aufzusuchen, da vermutlich niemand unterwegs war.

Trotzdem hatte es sich nicht überhören lassen, daß in den unteren Räumlichkeiten gefeiert wurde. Schon deswegen nicht, weil die Dienstboten darüber redeten.

»Fünfzig Personen morgen zum Dinner!« hatte das Hausmädchen, das im Unterrichtszimmer saubermachte, ausgerufen. Sie war mit einem der Tabletts die Treppe hochgestolpert, die für gewöhnlich von einem Diener gebracht wurden.

»Was bekommen sie zu essen?« hatte sich Bettine erkundigt.

»Genug, um damit ein Schiff zu versenken«, hatte das Mädchen geantwortet. »Und der Wein, den sie trinken, würde den See draußen im Park füllen.«

»Werden sie später tanzen?« Bettine hatte neugierig weitergeforscht.

»Es ist eine Kapelle aus London gekommen, und die Spieltische sind aufgestellt worden. Mr. Briggs hat gesagt: ›Es werden Vermögen verloren und gewonnen sein, bevor morgen früh die Sonne aufgeht.‹«

Nolitas Meinung nach waren solche Gespräche nicht gut für Bettine, aber sie hatte nicht gewußt, wie sie die beiden unterbrechen sollte, ohne sich unbeliebt zu machen.

Als das Kind dann im Bett lag, war Mrs. Flower heraufgekommen und hatte gefragt, ob sie irgend etwas für Nolita tun könne. Nolita spürte, daß sie in Wirklichkeit nur reden wollte.

»Es ist eine Schande, Miß, daß Sie als Lady Katherines Nichte nicht unten bei den anderen Damen sein können, sondern hier oben allein sitzen müssen, ohne einen Menschen zur Unterhaltung.«

»Ich bin dabei ganz glücklich. Und auch wenn Sie es vielleicht nicht glauben, Mrs. Flower, ich wünsche mir gar nicht, an einer großen Gesellschaft teilzunehmen oder gar zu tanzen«, hatte Nolita geantwortet.

»Das glaube ich tatsächlich nicht!« hatte die Haushälterin ausgerufen. »Und Sie würden in diesen schönen Kleidern, die Ihre Ladyschaft Ihnen geschenkt hat, hübscher als alle anderen aussehen.«

»Ich bezweifle, ob ich je Gelegenheit finde, die Kleider zu tragen.« Nolita hatte gelächelt. »Sie werden auf ihren Bügeln hängen, bis die Motten sie gefressen haben.«

Mrs. Flower hatte laut protestiert.

»Es gibt keine Motte in diesem Haus.«

Wieder hatte sie Nolita betrachtet.

»Sie sind so hübsch, Miß! Es kommt mir wie ein Verbrechen vor, daß Sie nicht an Gesellschaften teilnehmen wie andere junge Damen Ihres Alters.«

Und nach einer nachdenklichen Pause hatte sie gesagt: »Aber wenn Sie eine Debütantin wären, würden Sie wohl kaum zu solchen Gesellschaften eingeladen, wie Seine Lordschaft sie dieses Wochenende gibt. Schön mögen seine Freundinnen ja sein, doch sie sind nicht wie die Damen, die wir früher, zu Lebzeiten des alten Marquis, hier hatten.«

»Ich habe selten jemanden über ihn reden gehört«, hatte Nolita eingeworfen. »War er sehr konventionell?«

»Er war von der guten alten Art. Alles war, wie es sein sollte, und er empfing nur Leute, die wir ›die Creme der Aristokratie‹ nannten. Das Treiben Seiner Königlichen Hoheit hätte er niemals gebilligt, und übrigens auch das Seiner Lordschaft nicht.«

Nolita hatte an die Marquise gedacht und sich gefragt, was sie von der Einstellung ihres Gatten gehalten haben mochte.

Als habe Mrs. Flower ihre Gedanken gelesen, hatte diese erklärt: »Ihre Ladyschaft war viel jünger als Seine Lordschaft, und er war sehr streng mit ihr. Zu streng, dachten wir manchmal. Ich nehme an, deshalb ...«

Mrs. Flower hatte, erschrocken über die Bemerkung, die ihr beinahe entschlüpft wäre, abgebrochen. Nolita erriet, was sie hatte sagen wollen.

Es widerstrebte ihr, neugierig zu wirken, aber sie mußte dann doch fragen: »Warum ist Lady Bettines Mutter so jung gestorben?«

Mrs. Flower hatte sie überrascht angeschaut.

»Hat man Ihnen das nicht gesagt, Miß? Sie ertrank auf einer Fahrt nach Amerika. Das ist auch der Grund, warum Seine Lordschaft Ihrer kleinen Ladyschaft niemals erlaubt hat, ihren Großvater zu besuchen.«

»Ich hatte keine Ahnung! Wie traurig!«

»Niemand wird es erwähnen, Miß, aber Ihre Ladyschaft reiste nach einem Streit mit Seiner Lordschaft im Zorn ab, und da sie es so eilig hatte wegzukommen, nahm sie ein Schiff, das nicht besonders seetüchtig war. Es geriet in einen Sturm, und alle Menschen an Bord ertranken.«

»Welch eine Tragödie, besonders für Lady Bettine.«

»Ich glaube nicht, daß sie sich noch an ihre Mutter erinnert«, meinte Mrs. Flower. »Als Seine Lordschaft heiratete, sagte ich, er sei zu jung, um seine Freiheit aufzugeben, aber der verstorbene Marquis war ein sehr autoritärer Mann, und die beiden jungen Leute, die sich noch überhaupt nicht kannten, standen vor dem Altar, bevor sie bis drei zählen konnten!«

Langsam begriff Nolita einiges, was ihr bisher Rätsel aufgegeben hatte.

Wenn der alte Marquis seinen Sohn zur Heirat mit einer reichen Amerikanerin gezwungen hatte, konnte man sicher sein, daß nicht das Mädchen, sondern dessen Vater scharf auf einen englischen Adelstitel gewesen war.

Nolita wußte, daß solche Heiraten in der vornehmen Welt oft vorkamen, und sie erinnerte sich an eine Bemerkung, verarmte junge Aristokraten überquerten immer häufiger den Atlantik auf der Suche nach reichen Bräuten.

Jetzt verstand sie, warum der Marquis zynisch war und seine Illusionen verloren hatte. Aber wenn er Bettines Mutter nicht geliebt hatte, war das noch lange kein Grund, Bettine, die ihm in mancher Beziehung zweifellos ähnlich war, keine Zuneigung entgegenzubringen.

Als Nolita und Bettine die Treppe hinunterstiegen, um in die Kirche zu gehen, dachte Nolita, daß Bettine in ihrem weißen Kleid und dem mit rosa Bändern unter dem Kinn festgebundenen Hut ganz wie ein Mädchen aussah, das jeder Mann mit Stolz seine Tochter genannt hätte.

Auf der letzten Stufe angekommen, fuhr sie zusammen. Der Marquis betrat die Halle.

Er sah beide überrascht an.

»Wozu habt ihr euch denn zu dieser Stunde so feingemacht?«

»Wir gehen in die Kirche, Papa«, verkündete Bettine. »Und Miß Walford sagt, wir hätten Gott für vieles zu danken. Vielleicht solltest du ihm auch danken, weil Cäsar gestern das große Rennen gewonnen hat.«

Nolita war überrascht. Sam hatte ihr zwar die gute Nachricht mitgeteilt, als sie zu ihrem Ausritt auf die Pferde stiegen, aber sie hatte nicht gemerkt, daß Bettine mitgehört hatte.

Bestimmt hatte die ganze Stallmannschaft auf Cäsar gesetzt und war ebenso begeistert wie Sam, daß der Marquis einen weiteren Sieger hatte.

»Keine schlechte Idee«, gab der Marquis zu, »aber ich habe heute vormittag ziemlich viel zu tun.«

»Es ist noch eine Menge Zeit, bis du den Damen oben deine Aufwartung machen mußt«, bemerkte Bettine mit einer Spur von Verachtung im Ton. »Ich habe gesehen, daß ihnen das Frühstück auf die Zimmer gebracht wurde, als Miß Walford und ich vom Unterrichtszimmer herunterkamen.«

Das Gesicht des Marquis verdüsterte sich. Nolita eilte verlegen durch die Halle und die Außentreppe hinab. Bis Bettine ihr nachgelaufen kam, saß sie schon im Wagen.

Bettine setzte sich neben sie, und der offene Wagen fuhr an. Sie schwiegen beide, bis sie die Brücke über den See hinter sich hatten. Dann fragte Bettine kleinlaut: »Habe ich Sie verärgert?«

»Ich gebe mir Mühe, nicht daran zu denken«, erwiderte Nolita.

»Warum möchte Papa seine Zeit mit all diesen dummen Frauen verschwenden?«

Nolita erkannte plötzlich, daß das Kind eifersüchtig war. Warum war sie nicht schon früher auf diesen Gedanken gekommen?

Er war der einzige Mann im Haus, wenn man Esmond Farquahar nicht mitzählte. Da Bettine die Aufmerksamkeit ihres Vaters, die er ihr offenbar nie geschenkt hatte, auf die eine Weise nicht erregen konnte, versuchte sie es auf eine andere Weise.

Nolita überlegte, ob sie dem Marquis sagen solle, daß alles ganz anders sein könnte, wenn er sich freundlicher und netter seiner Tochter gegenüber verhalten würde und ihr vielleicht manchmal auch ein bißchen schmeicheln würde.

Doch ihr war klar, daß sie viel zuviel Angst vor ihm hatte, um mit ihm so offen zu reden.

Jetzt beobachtete sie Bettine auf Red Flag und dachte, wieviel dem Marquis doch entging, weil er seine Tochter nicht selbst unterrichtete. Mit welchem Stolz hätte ihr Vater ihre Fortschritte verfolgt!

»Ich will dir sagen, was wir tun werden, Bettine«, lachte sie. »Wir springen noch einmal über das Hindernis, und morgen bitten wir Sam, es etwas höher zu machen.«

»Und übermorgen noch höher?« fragte Bettine.

Nolita nickte.

»Au fein! Und wenn es so hoch ist wie die Hindernisse beim Grand National, bitten wir Papa, mir einen Preis zu geben.«

So als hätten ihre Worte ihn heraufbeschworen, sah Nolita einen Mann zwischen den Bäumen hervorreiten und erkannte, daß es der Marquis war.

»Da kommt dein Vater«, sagte sie. »Zeig ihm, was du kannst, und halte dich so im Sattel, wie ich es dir beigebracht habe. Du siehst, wie gut er reitet.«

»Er wird sich wundern«, erwiderte Bettine.

Sie wendete Red Flag und ritt von neuem auf das Hindernis zu.

Das Pferd übersprang es mit einem oder zwei Fuß Zwischenraum. Dann ritt Bettine ans Ende des Feldes und kehrte um. Nolita erkannte ihre Absicht, das Hindernis zum drittenmal zu nehmen.

Der Marquis hielt sein Pferd neben ihr an.

»Bettine hat unter Ihrer Leitung eindeutig große Forschritte gemacht, Miß Walford.«

»Sie reitet gut, Mylord, wie ich es mir gleich gedacht habe.«

»Ist das ein etwas verschleiertes Kompliment?« fragte der Marquis.

»Natürlich«, antwortete Nolita.

Bettine beruhigte Red Flag und galoppierte auf das Hindernis zu.

Impulsiv, ohne die Worte abzuwägen, sagte Nolita: »Loben Sie sie ... bitte, loben Sie sie. Ist Ihnen klar, daß Bettine früher ... von niemandem zu hören bekommen hat, sie mache dies oder jenes ... gut?«

Der Marquis starrte sie überrascht an, aber im Augenblick ließ es sie kalt. Sie hatte nur Augen für Bettine, die das Hindernis nahm. Es war kein Zweifel daran, daß sie es gut machte.

Mit geröteten Wangen ritt Bettine auf sie zu. Ihre Augen leuchteten, und sie sah ganz anders aus als das verdrossene, finsterblickende Kind, das sie einmal gewesen war.

Sie hielt Red Flag an, und, wie Nolita es vorausgeahnt hatte, richtete sie den Blick auf ihren Vater. Nolita stockte der Atem.

»Ich hatte keine Ahnung, daß du so gut reiten kannst«, sagte der Marquis.

»Findest du wirklich, daß ich gut reite, Papa?« fragte Bettine.

Es war deutlich zu sehen, wie sie nach seinem Lob hungerte, und der Marquis sagte: »Ich sehe, ich muß die alte Rennbahn für dich in Ordnung bringen lassen. Das wollte ich irgendwann sowieso tun.«

Bettine riß die Augen auf.

»Im Ernst, Papa? Wäre das aufregend! Ich habe sie Miß Walford noch gar nicht gezeigt.«

»Ich bin überzeugt, Miß Walford hält das für eine herrliche Idee«, sagte der Marquis. »Ich werde die entsprechenden Anweisungen geben, sobald wir nach Hause kommen. Können wir jetzt nicht zusammen ausreiten?«

Bettine freute sich so über die Rennbahn, daß sie ganz natürlich davon redete, ohne aggressiv zu werden oder Sonderwünsche anzumelden.

»Miß Walford sagte heute morgen, wir könnten das Hindernis, das ich eben übersprungen habe, jeden Tag höher machen«, erzählte Bettine. »Das ist jetzt gar nicht mehr nötig, weil wir die Rennbahn haben werden. Ich will versuchen, dich zu schlagen, Papa, aber nicht, wenn du Dragonfly reitest.«

»Warum Dragonfly?« fragte der Marquis.

»Sam sagt, er wird schneller sein als jedes andere Pferd, das du je besessen hast.«

»Dann werde ich ihn bestimmt bei der ersten Gelegenheit reiten.«

»Lassen Sie mich ihn zuerst reiten«, bat Nolita, ohne nachzudenken.

Der Marquis sah sie an.

»Sind Sie sicher, daß Sie das möchten? Das Pferd ist unberechenbar und könnte sie abwerfen.«

»Das wäre nicht das erstemal«, lächelte Nolita, »und irgendwie glaube ich, er wird sich bei mir besser benehmen als bei jemand anderen.«

»Das kann ich mir gut vorstellen«, stimmte der Marquis zu. »Offenbar üben Sie eine Macht aus, die uns gewöhnlichen Sterblichen fehlt.«

Nolita hielt das für Sarkasmus. Eine sanfte Röte überzog ihre Wangen.

»Ich meine es ganz ehrlich«, sagte der Marquis rasch.

Sie drehte sich zu ihm um, überrascht, daß er ihre Gedanken gelesen hatte. Der Ausdruck in seinen Augen war ihr unbehaglich. In ihrer Verlegenheit berührte sie leicht ihr Pferd, um voranzureiten. Da rief Bettine: »Sieh mal, Papa, da drüben ist jemand! Wer mag das sein?«

Sie zeigte in die Ferne, und dort, sich in Richtung der Bäume bewegend, war ein Mann auf einem Pferd.

Der Marquis blickte gleichgültig hin.

»Das muß einer der Bauern sein.«

»Er reitet wie ein Amerikaner«, bemerkte Nolita.

»Wie kommen Sie darauf?« fragte der Marquis.

»Die langen Steigbügel.«

Noch einmal sah der Marquis zu dem kleinen Wald hin. Der Reiter war bereits darin verschwunden.

»Sie beobachten sehr scharf, Miß Walford«, sagte er. »Ich habe nicht darauf geachtet, wie er reitet; ich habe mich nur gefragt, was er auf meinem Grund und Boden zu suchen hat.«

Inzwischen hatten sie ein langes, ebenes Feld erreicht, und Bettine rief: »Machen wir ein Wettrennen bis ans Ende, Papa!«

»Na schön«, stimmte der Marquis gutgelaunt zu. »Kommen Sie, Miß Walford.«

Bettine ritt ihnen schon wild voraus. Nolita entging es nicht, daß der Marquis, der seine Tochter mühelos hätte überholen können, sein Pferd zurückhielt.

Sie tat es ihm nach, und als sie das Ende des Feldes erreichten, hatte Bettine um eine Länge gewonnen.

»Ich hab's geschafft! Ich hab's geschafft!« rief sie. »Ich habe euch beide geschlagen! Jetzt mußt du mir erlauben, Papa, daß ich alle Pferde in deinem Stall ebenso wie Red Flag reiten darf.«

»Ja, das darfst du«, antwortete der Marquis, »doch unter einer Bedingung.«

»Und die wäre?« Bettines Stimme klang argwöhnisch.

»Miß Walford muß das Pferd für geeignet halten«, erklärte der Marquis mit einem Lächeln.

»Ich werde tun, was sie sagt, aber ich will es nicht haben, daß Sam sich einmischt.«

»Jetzt werde nicht gleich übermütig«, mahnte der Marquis. Doch er lächelte, und in bester Laune ritt er mit ihnen heim.

Auf der Treppe zum Unterrichtszimmer sagte Bettine: »Papa weiß jetzt, daß ich eine gute Reiterin bin, nicht wahr?«

»Er war offensichtlich sehr beeindruckt«, nickte Nolita, »und ich finde, du kannst ihn ebenso bezaubern, wie du es von mir verlangt hast.«

»Ich glaube, Papa hätte es lieber, wenn Sie es täten.«

»Versuche einmal, ihn mit der Erkenntnis zu überraschen, daß er eine sehr charmante und begabte Tochter hat«, erwiderte Nolita.

Eine Weile herrschte Schweigen. Dann fragte Bettine: »Würde er das wirklich von mir denken?«

»Wenn du beides bist.«

»Wie kann ich das sein?«

»Es ist ebenso leicht wie das Reiten.«

Bettine lachte leise.

»Überraschen wir ihn, dann werden er und Großmama aufhören, Fehler an mir zu finden.«

Nolita hatte die Marquise seit ihrer Ankunft nicht mehr gesehen. Der Gedanke erfüllte sie mit Erleichterung.

Es war ihr nicht entgangen, daß Angestellte wie Mrs. Flower und sogar Miß Bromley schockiert waren, daß die alte Dame ständig einen jungen Mann um sich hatte.

In Nolitas Anwesenheit waren sie vorsichtig mit dem, was sie sagten, aber es war ihre Gewohnheit, zu klatschen, und wenn sie die Marquise erwähnten, begannen sie einen Satz und brachen mittendrin ab. Für Nolita war es leicht, sich den Rest zu denken. Sie sagte sich, je weniger Bettine davon erfuhr, um so besser sei es.

Nach dem Mittagessen hatte sie zwei Stunden frei, weil eine von Bettines Lehrerinnen kam, um sie in Französisch zu unterrichten.

»Ich will heute keinen blöden Unterricht von Mademoiselle«, sagte Bettine. »Ich will mit Ihnen zusammen sein.«

»Aber du mußt Französisch lernen, und es gut lernen«, gab Nolita zurück. »Mein Vater hielt Sprachkenntnisse für sehr wichtig.«

»Warum?«

»Bestimmt wirst du später Auslandsreisen machen, und dann kommst du dir dumm vor, wenn du die Sprache des Landes nicht verstehst und ständig einen Dolmetscher mitnehmen mußt.«

Bettine blickte finster drein, und Nolita fuhr fort: »Stell dir einmal vor, du bist bei einer Dinner-Gesellschaft. Alle lachen, und du hast keine Ahnung, worüber.«

Sie hielt inne. Dann fügte sie hinzu: »Ich habe immer gehört, daß Franzosen entzückende Komplimente machen. Wenn dir nun einer sagen will, wie hübsch und elegant du aussiehst oder wie gut du reitest, und du denkst, es ist nur eine Bemerkung über das schöne Wetter?«

Bettine lächelte.

»Ich möchte nicht, daß mir ein Kompliment entgeht.«

»Also mußt du Französisch lernen.«

»Sagen Sie bitte Mademoiselle, Sie soll mir diese Dinge beibringen, die ein Franzose mir sagen würde, damit ich sie verstehen kann?«

»Das sag ihr nur selber«, lachte Nolita. »Aber es nützt dir nicht viel, wenn du verstehst, was man zu dir sagt. Du mußt auch fähig sein zu antworten.«

»Mademoiselle weiß von so etwas bestimmt überhaupt nichts«, behauptete Bettine. »Sie ist alt und häßlich, und ich bezweifle, ob ihr jemals ein Kompliment gemacht worden ist.«

»Trotzdem ist sie Französin«, sagte Nolita, »und wenn du fleißig lernst, kannst du deinen Papa vielleicht dazu überreden, daß er dich nächstes oder übernächstes Jahr nach Frankreich reisen läßt.«

»Sie glauben, das wird er tun?« fragte Bettine.

»Warum denn nicht?«

»Und Sie werden mitkommen?«

»Das hängt von verschiedenen Dingen ab«, wich Nolita aus. »Aber es würde mir gefallen, mein Französisch anzuwenden.«

»Dann reisen wir zusammen!« Bettine war begeistert. »O Miß Walford, Sie haben so wundervolle Ideen, was man alles unternehmen kann! Warum ist das bisher niemandem eingefallen?«

»Ich will dir was sagen. Dein Vater erwähnte, er werde heute nachmittag ausgehen. Also wird niemand in der Bibliothek sein. Ich will nachsehen, ob ich ein Buch über Frankreich mit Bildern finde, das schauen wir uns dann zusammen an.«

»Das täte ich gern«, freute sich Bettine. »Oh, das täte ich gern!«

»Gut, ich will sehen, was ich finden kann.«

Nolita dachte, falls sie nichts finden sollte, hätte sie ja die Erlaubnis des Marquis, an Büchern zu kaufen, was benötigt wurde. Aber sie hatte bereits erfahren, daß die Bibliothek sehr umfangreich war. Gewiß enthielt sie alle Bücher, die sie Bettine gern zeigen würde.

Sobald das Kind bei Mademoiselle, einer reizlosen, strengblikkenden Frau, untergebracht war, eilte Nolita die Treppe hinunter.

Die Gäste waren abgereist, und im Haus war es ganz still. Sie ging den Korridor hinunter, der, wie sie wußte, zur Bibliothek führte. Diese lag nicht weit von dem Arbeitszimmer, wo der Marquis mit ihr gesprochen hatte. Sie öffnete die Tür und sah zu ihrer Erleichterung, daß niemand im Raum war.

Ja, die Bibliothek war eindrucksvoll, und es gab einen solchen Reichtum an Büchern, daß Nolita fürchtete, es werde schwierig sein, ein ganz bestimmtes herauszusuchen.

Dann sah sie auf einem Tisch vor einem der Bücherschränke einen großen, in Leder gebundenen Band liegen, auf dem stand: »Katalog der Bibliothek des höchstedlen Marquis of Sarle.« Sie öffnete den Band und stellte fest, daß er in eleganter Kupferstich-Schrift eine Liste sämtlicher Bücher enthielt.

Die französische Abteilung war sehr umfangreich. Nolita suchte und fand sie, trat an die Regale und rollte mit etwas Mühe die Mahagoni-Leiter auf ihren kleinen Rädern über den Fußboden. Sie schob sie an das Regal. Die Bücher, für die sie sich besonders interessierte, mußten auf einem der oberen Bretter stehen. Sie stieg hinauf. Nach kurzem Suchen fand sie ein Buch, das ihr passend schien. Aber es waren nicht sehr viele Illutrationen darin. Deshalb stellte sie es zurück und griff nach einem anderen.

Dieses, erst vor zehn Jahren geschrieben, berichtete über die Verbesserungen, die Baron Haussmann bei der Neuplanung von Paris vorgenommen hatte, und war nach Nolitas Meinung genau das, was Bettine interessieren würde.

Sie klemmte es sich unter den Arm, griff nach oben und nahm noch ein weiteres Buch aus dem Regal. Da hörte sie jemanden kommen. Sie nahm an, daß es der Marquis sei.

Doch als sie nach unten blickte und ihm erklären wollte, was sie in die Bibliothek geführt hatte, entdeckte sie, daß es Mr. Farquahar war.

Sie hoffte, daß er sie nicht bemerken werde. Er blieb jedoch an der Leiter stehen und sagte: »Also habe ich Sie gefunden, schöne Dame! Da sie ein so flüchtiges Wild sind, begann ich schon daran zu zweifeln, ob Sie überhaupt existieren, ausgenommen in meinen Träumen.«

Nolita fühlte sich unbehaglich, und außerdem hatte sie keine Ahnung, wie sie ihm antworten sollte.

»Jetzt sehe ich«, fuhr er fort, »daß Sie nicht nur Wirklichkeit sind, sondern auch noch viel hübscher, als ich es in Erinnerung hatte.«

»Ich hole ... ein paar Bücher ... für Bettine«, stieß Nolita ein wenig atemlos hervor.

»Ich will Ihnen helfen«, entgegnete Mr. Farquahar. »Oder noch besser, kommen Sie herunter, damit wir uns unterhalten können. Auf diesen Augenblick habe ich gewartet.«

»Ich muß ... zurück ins ... Unterrichtszimmer«, erklärte Nolita schnell.

»Laufen Sie vor mir davon?« fragte Mr. Farquahar.

Nolita fand sein Lächeln unangenehm und viel zu vertraulich. Sie steckte das zweite Buch, das sie vom Regal genommen hatte, zu dem ersten unter den Arm, hielt sich an dem Messinggeländer fest und begann, langsam die schmalen Stufen hinunterzusteigen.

Mr. Farquahar rührte sich nicht von der Stelle. Er stand am Fuß der Leiter und versperrte ihr den Weg. Auf halber Höhe blieb Nolita unentschlossen stehen.

»Warum vergeuden Sie Ihre Zeit mit diesem lästigen, schlecht erzogenen Kind?« fragte Mr. Farquahar. »So, wie Sie aussehen, müßten Sie doch etwas Besseres zu tun finden.«

Etwas an seiner Art zu sprechen ängstigte Nolita. Ihre Stimme zitterte ein bißchen.

»Ich habe Bettine gern, und sie wartet auf mich. Bitte, lassen Sie mich vorbei.«

»Nicht, bevor Sie mich dafür bezahlt haben.«

Er streckte den Arm nach ihr aus. Seine Absichten waren nicht mißzuverstehen. Nolita schrie auf.

»Lassen Sie mich in Ruhe! Sie haben kein Recht ... so mit mir ... zu reden!«

»Wer wird es erfahren?« fragte er. »Der Drache schläft, und mir steht es frei, mich zu amüsieren.«

»So dürfen Sie nicht sprechen!« protestierte Nolita. »Es ist unloyal und ... häßlich.«

»Ich stimme mit Ihnen überein, daß es keinen Grund zum Sprechen gibt«, sagte Mr. Farquahar. »Das Küssen ist viel angenehmer, wie Sie feststellen werden. Also wollen wir keine Zeit mehr auf Worte verschwenden.«

Von neuem griff er nach ihr. Nolita stieg auf der Leiter wieder nach oben. Mr. Farquahar lachte auf.

»Ich bezweifle, daß die Leiter uns beide tragen wird. Aber einen Versuch ist es wert.«

Er setzte seinen Fuß auf die erste Stufe.

»Gehen Sie weg!« rief Nolita. »Gehen Sie weg und ... lassen Sie mich ... in Ruhe!«

»Ich denke nicht daran«, erwiderte Mr. Farquahar.

Der Ausdruck seiner Augen machte ihr Angst. Er stieg mehrere Stufen hoch, und wieder schrie Nolita auf. Von der Tür her fragte eine Stimme: »Was geht hier vor?«

Nolitas Herz machte einen Satz. Sie hatte die Stimme des Marquis erkannt, und als sie ihm den Kopf zudrehte, dachte sie, daß sie noch nie in ihrem ganzen Leben so dankbar gewesen war, einen Menschen zu sehen.

Der Marquis trat zu ihnen. Mit finsterem Gesicht sah er Mr. Farquahar an.

Zu sprechen brauchte er nicht. Mr. Farquahar kletterte schnell die Leiter herunter, und dann sagte er mit einer Keckheit, die offensichtlich gespielt war: »Hallo, Sarle, ich hatte gedacht, Sie seien heute nachmittag nicht da.«

»Sie haben sich geirrt«, stellte der Marquis kurz fest. »Bestimmt braucht meine Mutter Sie.«

Mr. Farquahar, ziemlich rot im Gesicht, antwortete katzbukkelnd: »Natürlich – ich muß zu ihr gehen – es wäre nicht recht, sie aufzuregen, nicht wahr?«

Der Marquis antwortete nicht. Er sah Esmond Farquahar nur fest an, und dieser hielt seinem Blick nicht stand.

Dann strebte Mr. Farquahar schnellen Schrittes der Tür zu. In seinen üblichen stolzierenden Gang verfiel er erst wieder, als er sie erreicht hatte.

Der Marquis blickte zu Nolita hoch, die auf der obersten Stufe der Leiter stand und sich am Geländer festhielt. Ihre Augen waren dunkel vor Furcht, und sie zitterte immer noch.

»Es tut mir leid, daß dies Schwein Sie belästigt hat«, sagte der Marquis leise. »Geben Sie mir die Bücher. Ohne sie können Sie leichter hinabsteigen.«

Er streckte beide Hände aus. Nolita bückte sich und gab ihm die Bücher, die sie unter dem Arm trug.

Erregt, daß sie Angst hatte auszurutschen, kletterte sie vorsichtig die Leiter hinunter.

Um ihr die Befangenheit zu nehmen, blätterte der Marquis in den beiden Bänden, die sie ihm gegeben hatte.

»Französisch«, bemerkte er. »Ich hätte gedacht, diese Bücher seien für Bettine zu schwer.«

»Ich wollte ihr nur ... die Bilder zeigen«, antwortete Nolita. »Vielleicht wecken sie ihr ... Interesse an Frankreich ... und den

Wunsch ... die Sprache zu lernen.«

Der Marquis lächelte.

»Ihre Methoden sind so klug und doch so einfach, daß ich langsam einsehe, wie außerordentlich dumm ich gewesen bin.«

Sie sah ihn an. Er merkte, daß sie immer noch Angst hatte und daß ihr Gesicht sehr blaß war.

»Kommen Sie, setzen Sie sich einen Augenblick«, schlug er vor. »Ich verspreche Ihnen, Farquahar wird Ihnen nicht wieder zu nahe treten. Ein Mensch von seiner Art sollte nicht Gast in einem anständigen Haus sein, aber es gibt nichts, was ich dagegen unternehmen könnte.«

Das letzte schien er zu sich selbst zu sagen, und plötzlich tat er Nolita leid.

Gleich bei ihrer ersten Begegnung mit Esmond Farquahar, als er den Salon der Marquise verlassen und ihr dabei zugeblinzelt hatte, war er ihr gewöhnlich vorgekommen.

Jetzt wußte sie, daß er ein Mann war, den ihr Vater als Proleten und als ordinär bezeichnet hätte, und wenn er mit solchen Leuten auch auf dem Rennplatz verkehrt hatte, so hätte er sie doch nie in sein Haus eingeladen.

Da sie sich so aufgeregt hatte und sich, so lächerlich ihr das selbst vorkam, schwach fühlte, nahm sie auf einem der Sofas Platz. Dabei dachte sie, daß der Marquis gerade noch im richtigen Moment gekommen war. Eine Sekunde später, und Esmond Farquahar hätte sie geküßt. Welche Demütigung wäre das für sie gewesen!

»Vergessen Sie es«, sagte der Marquis leise, als habe er ihre Gedanken gelesen. »Die Strafe für so viel Schönheit ist nun einmal, daß Männer, die Sie ansehen, sich nicht immer so beherrschen können, wie sie es sollten.«

Nolita starrte ihn überrascht an. Sie hätte ihm niemals zugetraut, etwas so Schmeichelhaftes zu denken oder auszusprechen.

»Als Sie hier ankamen, sagte ich, Sie sähen zu jung für diese Position aus«, fuhr der Marquis fort, »und die Wahrheit ist, daß Sie nicht nur jung aussehen – Sie sind jung. Warum konnte Ihre Tante Sie nicht zu Bällen und anderen Veranstaltungen begleiten und Sie eine Londoner Saison genießen lassen?«

Nolita blickte auf den Fußboden.

»Tante Katherine meint, sie sei ... zu jung als Anstandsdame«, antwortete sie zögernd.

»Und Sie sind zu attraktiv«, schloß der Marquis. »Nun, die Frauen sind wohl überall auf der Welt gleich und nicht fähig, die Eifersucht zu bemeistern.«

»Bitte«, sagte Nolita schnell, »Sie dürfen Tante Katherine nicht dafür kritisieren, daß sie ... mich nicht haben wollte, und ich wünsche mir ... gar keine Saison in London. Auch wenn es mir ... keiner glaubt, ich gehe nicht gern ... zu Bällen und Gesellschaften. Ich möchte nur ... auf dem Land leben und ... reiten.«

»Wäre Ihnen das möglich gewesen, wenn Sie zu Hause geblieben wären?« fragte der Marquis.

Sicher dachte er, sie könne sich keine Pferde leisten, und beinahe hätte sie dem Impuls nachgegeben und ihm von Eros erzählt. Irgendwie hatte sie das Gefühl, daß er Verständnis haben würde. Doch es mochte gefährlich sein. Angenommen, er erwähnte es ihrer Tante gegenüber?

Nein. Wie sie schon Bettine gesagt hatte, war das ein Geheimnis, das niemandem enthüllt werden durfte.

»Nun, hier leben Sie auf dem Land«, meinte der Marquis, als sie nicht antwortete, »und mein Stall steht Ihnen zur Verfügung, Miß Walford. Hilft das ein bißchen?«

»Ja ... natürlich ... und ich bin sehr ... sehr dankbar«, stammelte Nolita. »Ich hätte mir nie träumen lassen, daß ich so ... herrliche Pferde reiten dürfte.«

Sie hielt inne und sagte dann ein wenig unzusammenhängend: »Ich beklage mich nicht ... bitte ... ich beklage mich nicht darüber, daß ich hier bin ... ich bin gern mit Bettine zusammen ... und ich glaube, sie fängt an, mir zu vertrauen ... Es ist nur, daß ... ich weiß, ich bin dumm ... daß mich so vieles ... ängstigt.«

»Mr. Farquahar gehört auch dazu?« fragte der Marquis mit harter Stimme.

»Bitte ... bitte, sagen Sie nichts ... und unternehmen Sie nichts deswegen«, flehte Nolita. »Wenn Ihre Mutter erfährt, was geschehen ist, könnte sie ... sich verletzt fühlen und ... und da Sie mich ja gerettet haben ... gibt es gar nichts zu erzählen.«

»Ich möchte sicher sein, daß so etwas nicht wieder passiert.«

»Ich werde ... diesen Teil des Hauses nicht mehr betreten, es sei denn ... Bettine ist bei mir.«

Der Marquis stieß einen gereizten Laut aus.

»Es ist eine unmögliche Situation«, sagte er, »daß Sie gezwungen sind, hier in meinem eigenen Haus um Schutz zu bitten. Ich habe große Lust ...«

Hastig legte ihm Nolita die Hand auf den Arm.

»Nein, nein!« rief sie. »Was Sie auch denken ... was Sie auch planen mögen ... bitte, tun Sie es nicht. Wenn irgend jemand erfahren sollte, was ... gerade eben geschehen ist ... müßte ich ... gehen.«

Der Marquis saß schweigend und unbeweglich da, aber sie hatte das Gefühl, er verstehe genau, was sie auszudrücken versucht hatte.

Dann kam ihr zu Bewußtsein, daß ihre Hand auf seinem Arm lag. Sie zog sie zurück und stand auf.

»Ich gehe wieder nach oben, Mylord«, sagte sie. »Vielen Dank, daß Sie so ... freundlich waren. Vielleicht lerne ich es mit der Zeit, mit solchen Dingen ... besser fertigzuwerden.«

»Bleiben Sie, wie Sie sind«, sagte der Marquis scharf. »Nicht Sie sollten versuchen, sich zu ändern. Die Veränderungen sollten von uns kommen.«

Nolita sah ihn verwundert an. Er nahm die Bücher, die sie ausgesucht hatte, von einem Tisch neben ihm.

»Sagen Sie Bettine, sobald sie wirklich gut Französisch kann, werde ich sie nach Frankreich reisen lassen oder sie vielleicht selbst hinbringen.«

Nolita jauchzte vor Freude.

»Ich habe ihr gesagt, das würden Sie tun. Wie wundervoll von Ihnen, daran zu denken. Genauso, wie ich es mir gewünscht habe. Sie wird fleißig sein, ich weiß, sie wird fleißig sein, wenn ich ihr erzähle, was Sie gesagt haben.«

»Es ist ein festes Versprechen, Miß Walford.«

»Ich danke Ihnen, Mylord.«

Nolita knickste. In einer Erregung, die für den Augenblick die Erinnerung an Esmond Farquahar hinwegfegte, eilte sie aus der Bibliothek und die Treppe zum Unterrichtsraum hinauf.

5. Kapitel

»Ich bin fertig!« rief Bettine.

Nolita durchquerte das Unterrichtszimmer und sah ihr über die Schulter.

Bettine hatte nach dem Frühstück eifrig am Tisch gearbeitet. Die Geburtstagskarte für ihre Großmutter war recht gut gezeichnet.

»Sehr gut«, lobte Nolita, »besonders für einen ersten Versuch.«

»Meinen Sie, es wird Großmama gefallen?« fragte Bettine.

»Ich bin überzeugt, sie wird entzückt sein«, versicherte Nolita ihr. »Denn dies ist die erste Karte, die du für sie gezeichnet hast.«

»Zu Weihnachten habe ich ihr eine gekauft.«

»Das ist nicht das gleiche. Meine Mutter hat das, was ich selbst angefertigt hatte, für hübscher und wertvoller gehalten als alles, was ich mit Geld hätte kaufen können.«

Darüber dachte Bettine eine Weile nach. Dann sagte sie: »Weil ich massenhaft Geld habe, erwarten die Leute von mir, daß ich ihnen teure Geschenke kaufe.«

Nolita lächelte.

»Das teuerste Geschenk, das wir geben können, sind wir selbst und unsere Liebe.«

»Ist es das, was Sie den Leuten geben?« forschte Bettine.

»Da ich kein Geld habe«, erwiderte Nolita, »können sie das bekommen oder nichts!«

Beide lachten.

Bettine ergriff ihre Karte und einen Blumenstrauß, den sie und Nolita mit großer Sorgfalt gebunden hatten.

»Kommen Sie, wir gehen jetzt zu Großmama. Danach können wir ausreiten.«

Nolita hatte von Mrs. Flower gehört, daß die Marquise Geburtstag hatte. Sie hatte sich überlegt, was Bettine ihr schenken könne, und es für eine gute Idee gehalten, das Zimmer der Marquise früh am Morgen aufzusuchen.

Auf diese Weise, sagte sie sich, bestand keine Gefahr, Mr. Farquahar zu begegnen.

Sie und Bettine hatten die Blumen gestern abend gepflückt, und es war eine weitere Lektion für das Kind gewesen, daß sie den Strauß, weil er ein Geschenk sein sollte, nicht bei den Gärtnern bestellen durfte, sondern die Blumen selbst auswählen, pflücken und mit einem Band umwickeln mußte.

So etwas hatte sie noch nie getan, und nachdem sie die Blumen heute morgen arrangiert hatten, war sie über den Erfolg ihrer Bemühungen ebenso entzückt gewesen wie jetzt über das von ihr gemalte Bild.

»Meinen Sie, Großmama wird erkennen, daß die Tauben, die ich gezeichnet habe, die auf dem Rasen sein sollen?«

»Bestimmt.«

»Sie müssen mitkommen«, verlangte Bettine auf der Treppe zum ersten Stock.

Nolita zögerte.

»Ich glaube, am besten gehst du allein zu deiner Großmutter.«

»Nein, ich möchte, daß Sie bei mir bleiben«, drängte Bettine.

Ein gewisser Ton in der Stimme warnte Nolita, daß Bettine Schwierigkeiten machen wollte. Sie wünschte sich aber so sehr, daß Bettine einen guten Eindruck machte, deshalb gab sie nach.

»Nun gut, ich komme mit, aber ein anderes Mal tätest du gut daran, deine Großmutter allein aufzusuchen.«

Bettine kniff die Lippen zusammen. Nolita wußte, daß das Kind seine Großmutter nicht leiden konnte und sich nur bereiterklärt hatte, ihr etwas zum Geburtstag zu schenken, weil mit Nolitas Hilfe ein fröhliches Spiel daraus geworden war.

Sie erreichten den Südflügel. Nolita klopfte an die Außentür. Die Zofe der Marquise öffnete.

»Ist es Ihrer Ladyschaft genehm, Lady Bettine zu empfangen?« fragte Nolita. »Sie bringt ihr ein Geburtstagsgeschenk.«

Die Zofe blickte überrascht drein, sagte jedoch nur: »Ich werde Ihre Ladyschaft fragen.« Damit verschwand sie im Schlafzimmer.

Bettine spielte mit dem Strauß herum, und Nolita wußte, daß sie am liebsten die Karte und die Blumen dagelassen hätte und ins Unterrichtszimmer zurückgekehrt wäre.

Die Zofe tauchte wieder auf.

»Ihre Ladyschaft wird Sie empfangen«, sagte sie zu Bettine.

Bettine setzte sich in Bewegung. Dann merkte sie, daß Nolita ihr nicht folgte.

»Kommen Sie mit«, bettelte sie.

Nolita fürchtete, daß Bettine andernfalls etwas anstellen könnte. Deshalb folgte sie ihr in das Schlafzimmer.

Es war ein sehr eindrucksvoller Raum. Die Marquise lag in einem Himmelbett mit blauseidenen Vorhängen, über denen ein Kreis goldener Engel schwebte.

Aus der Entfernung, von der Tür aus gesehen, sah sie in ihrem rosafarbenen, mit Spitzenrüschen besetzten Frisiermantel sehr schön aus, und obwohl es noch so früh am Morgen war, lagen Reihen von kostbaren Perlen um ihren Hals.

»Viele Glückwünsche zum Geburtstag, Großmama!« Bettine ging auf sie zu, die Blumen in der einen, ihre Karte in der anderen Hand.

Bettine sah entzückend aus, dachte Nolita mit Stolz. Sie hatte ihr eines ihrer hübschesten Kleider angezogen und das dunkle Haar mit zwei rosafarbenen Satinschleifen zusammengebunden.

In dem Blick, mit dem die Marquise ihre Enkelin betrachtete, glaubte Nolita, Anerkennung zu lesen.

Dann sah Nolita, die in der Tür stehengeblieben war, zufällig zu einem der Fenster hin, das auf einen Balkon hinausführte. Zu ihrem Erstaunen saß dort Mr. Farquahar und frühstückte.

Er hatte eine Zeitung vor sich gegen die silberne Kaffeekanne gelehnt und trug, wie Nolita zu ihrem Schreck erkannte, einen Morgenrock.

Sie war so erstaunt, daß sie ihn anstarrte, ohne sich dessen bewußt zu werden. Als spüre Esmond Farquahar ihre Anwesenheit, drehte er den Kopf und entdeckte sie.

Zu Nolitas Bestürzung stand er sofort vom Tisch auf. Sie wandte das Gesicht ab.

Bettine stand neben dem Bett ihrer Großmutter.

»Das hast du selbst gezeichnet?« fragte die Marquise in einem ziemlich gekünstelten Ton.

»Ja, Großmama, und Miß Walford und ich haben gestern abend die Blumen für dich gepflückt. Heute morgen haben wir sie mit einer meiner Haarschleifen zusammengebunden.«

»Da bist du aber fleißig gewesen«, sagte die Marquise.

Bei der Erwähnung Nolitas sah sie zur Tür hin, und als sie bemerkte, wer dort stand, wurde ihr Blick hart.

Bettine begriff, daß sie die Aufmerksamkeit ihrer Großmutter verloren hatte, und bohrte nach: »Hast du die weißen Tauben auf der Karte gesehen, Großmama?«

Die Marquise antwortete nicht. Sie sah jetzt zu Esmond Farquahar hin, der ins Zimmer getreten und am Fenster stehengeblieben war. Sein Gesicht war Nolita zugewandt. Es war nicht zu verkennen, daß sein Interesse ihr und nicht irgendwelchen Vorgängen am Bett galt.

»Du kannst jetzt gehen, Bettine«, sagte die Marquise scharf. »Ich danke dir für dein Geschenk.«

Der Ton überraschte Bettine im ersten Augenblick. Dann erkannte sie, daß sie frei war, und lief zu Nolita hin.

»Kommen Sie, Miß Walford«, rief sie, »jetzt können wir ausreiten!«

Sie zog Nolita an der Hand weiter, aber ehe sie das Schlafzimmer verlassen konnte, sagte die Marquise: »Einen Augenblick, Miß Walford!«

Nolita blieb stehen und drehte sich um.

»Ein anderes Mal würde ich es vorziehen, meine Enkelin allein zu empfangen«, erklärte die Marquise. »Es gibt keinen Grund, warum Sie sie begleiten sollten. Bleiben Sie in dem Teil des Hauses, in dem Sie beschäftigt sind!«

»Natürlich, Mylady, ich werde daran denken«, antwortete Nolita leise.

Sie folgte Bettine hinaus in die kleine Diele. Als sie die Tür schloß, hörte sie die Marquise noch sagen: »Wirklich, Esmond, du solltest doch Verstand genug haben und nicht ...«

So schnell, als müßte sie vor etwas Unangenehmem fliehen, eilte Nolita mit Bettine aus dem Südflügel und die Treppe zu ihren Räumen hinauf.

Erst als sie ihr Reitkleid anzog, gestand sie sich ein, daß sie schockiert war. Trotz der Bemerkungen Bettines über die »jungen Männer« ihrer Großmutter, trotz der Anspielungen Mrs. Flowers hatte sie sich nie klargemacht, was eine solche Beziehung tatsächlich bedeutete.

Esmond Farquahar nur mit einem Morgenrock bekleidet im Schlafzimmer der Marquise zu sehen, wo er sich offensichtlich ganz zu Hause fühlte, war für Nolita etwas so Häßliches, daß sich alle ihre Instinkte dagegen empörten.

Ich will nicht mehr daran denken, nahm sie sich vor. Aber so leicht war es nicht, ihre Gedanken und ihre Gefühle unter Kontrolle zu halten.

Bettine war auch erstaunt. Auf dem Weg zum Stall fragte sie: »Warum hat dieser gräßliche Mr. Farquahar auf Großmamas Balkon gefrühstückt? Und es war schon so spät. Wir hatten unser Frühstück schon eine Ewigkeit früher.«

»Wir haben uns für heute auch viel vorgenommen«, antwortete Nolita. »Zuerst reiten wir, und dann machen wir uns einen ganz besonderen Spaß.«

»Was denn, was denn?« fragte Bettine aufgeregt und war von dem, was im Schlafzimmer ihrer Großmutter geschehen war, abgelenkt.

»Ich dachte mir«, antwortete Nolita, »daß wir versuchen sollten, uns unser Mittagessen selbst zu fangen.«

»Wie ist das möglich?«

»Ich höre, daß es viele Forellen im See gibt«, sagte Nolita, »und wenn du einverstanden bist, nehmen wir einen Picknick-Korb mit und lassen es darauf ankommen, daß wir den Hauptgang nicht fangen.«

»Glauben Sie wirklich, wir können eine Forelle angeln?«

»Wenn du eine fängst, zu braten weiß ich sie«, lachte Nolita. »Das habe ich oft mit meinem Vater zusammen gemacht.«

Es ließ sich nicht verkennen, daß Bettine begeistert von der Idee war. Nach dem Ritt stieg sie in den Raum hinunter, der das Waffenzimmer genannt wurde, um sich Angelruten und ein Netz geben zu lassen, während Nolita einen Picknick-Korb bestellte.

Ihren Anweisungen gemäß enthielt er keine nahrhafteren Dinge als Brot, Butter und ein bißchen Käse.

Eine halbe Stunde später zogen sie los, den Korb zwischen sich tragend, jede eine Angelrute über der Schulter.

Bettine war nicht nur aufgeregt, daß sie einen Fisch fangen sollte, es war auch etwas ganz Neues für sie, das Mittagessen selbst zuzubereiten.

»Mir hat nie jemand erzählt, daß es im See Forellen gibt, die man essen kann«, sagte sie. »Ich habe im Wasser Fische gesehen, aber ich hätte nie gedacht, daß ich einmal einen fangen würde.«

»Vielleicht fangen wir heute gar keinen«, warnte Nolita. »In dem Fall müssen wir zu unserer Schande mit leeren Händen nach Hause gehen und darum bitten, daß man uns zum Tee ein Ei kocht.«

»Das werden wir nicht tun«, sagte Bettine entschlossen. »Wir werden einen Fisch fangen, und wenn wir die ganze Nacht am See bleiben müssen.«

Nolita lachte.

»Ich glaube, das würde dir bald zuviel werden.«

Sie führte das Kind an einen Abschnitt des Seeufers, der vom Haus aus nicht einzusehen war. Dort standen kleine Bäume, in denen sich der Haken verfangen konnte, wenn die Leine ausgeworfen wurde.

Nolita hatte von ihrem Vater, einem erfahrenen Angler, viel gelernt, aber sie waren auf einen Bach beschränkt gewesen, der hinter dem Haus durch die Felder lief.

Der See war jedoch sehr breit und nahe dem Ufer ziemlich seicht. Also würden sie die Leine weit hinauswerfen müssen, um die Fische zu erreichen, die sich zweifellos in der Mitte aufhielten.

Die erste Stunde verging damit, daß sie Bettine zeigte, wie sie die Rute halten und die Leine werfen mußte.

Bettine begriff schnell. Bald wußte sie genau, was sie zu tun hatte.

»Mach jetzt allein weiter«, sagte Nolita. »Ich werde auch angeln. Allmählich bekomme ich rechten Hunger.«

»Ich auch«, gab Bettine zu.

Bei ihrem Ausritt am Morgen war es ganz windstill gewesen. Unglücklicherweise erhob sich jetzt ein Wind, der genau in ihre Richtung blies.
Nolita sagte sich, um erfolgreich zu angeln, müßten sie eigentlich auf die andere Seite des Sees gehen. Aber das bedeutete einen langen Weg zurück zur Brücke und wieder ein ziemliches Stück am Ufer entlang.

Sie warf die Leine so weit hinaus, wie sie konnte. Leider erreichte sie die Mitte des Sees nicht, wo sich ihrer Überzeugung nach die Fische befinden mußten.

Gerade begann sie zu bedauern, den Vorschlag gemacht zu haben, sich das Mittagessen selbst zu fangen, als sie die Hufschläge eines Pferdes hinter sich vernahm. Sie wandte den Kopf und erkannte den Marquis, der sie verblüfft ansah. Bettine bemerkte ihn ebenfalls.

»Ich kann angeln, Papa! Ich kann angeln!« rief sie.

Der Marquis stieg ab.

»Wie viele habt ihr denn gefangen?« fragte er.

»Der Wind steht gegen uns, das ist das Problem«, erklärte Nolita. »Ich kann mich ja irren, aber ich meine, die Fische müssen in der Mitte sein.«

»Da haben Sie recht«, sagte der Marquis lächelnd. »Vielleicht kann ich helfen.«

Er verknotete die Zügel auf dem Hals des Pferdes. Das Pferd senkte den Kopf und fing sofort an, das Gras abzuweiden. Der Marquis trat zu Nolita und ergriff ihre Rute.

»Wenn du einen Fisch fängst, Papa«, sagte Bettine, »kannst du bleiben und mit uns essen. Wenn nicht, müssen wir hungern.«

Der Marquis blickte belustigt drein.

»Ist das Ihre Idee?« erkundigte er sich bei Nolita.

»Ich dachte, wir hätten eine gute Chance«, erwiderte sie, »aber langsam glaube ich, daß wir kein Glück haben werden.«

Der Marquis lachte.

»Dann muß ich sehen, was sich tun läßt.«

Er warf die Leine mit unverkennbarer Geschicklichkeit sehr weit hinaus. Bettine legte ihre eigene Rute hin und stellte sich neben ihn.

»So möchte ich es auch können!«

»Ich werde es dir beibringen«, erbot sich der Marquis unerwarteterweise. »Aber im Augenblick sollte ich mich lieber um das Mittagessen kümmern.«

Er warf die Leine noch vier- oder fünfmal aus, und plötzlich gab es einen Ruck.

»Du hast einen Fisch! Du hast einen Fisch!« jubelte Bettine.

Der Marquis begann, die Leine aufzuspulen.

»Komm, faß mit an, wir wollen versuchen, den Fisch für Miß Walfords Käscher einzuholen«, sagte er zu Bettine.

Nolita, die ihm bei seinem Tun zugeschaut hatte, sah sich hastig nach dem Käscher um. Sie hatten ihn irgendwo ins Gras geworfen.

Der Marquis versuchte, die Rute so ruhig wie möglich zu halten, während Bettine den Fisch einholte. Er zeigte ihr, wie man seinen Kopf aus dem Wasser zog und ihn langsam aber sicher ans Ufer holte.

Der Fisch machte noch einen verzweifelten Fluchtversuch. Dann hatte Nolita ihn im Netz. Bettine war fast hysterisch vor Aufregung.

»Ich habe einen Fisch gefangen! Ich habe wirklich und wahrhaftig einen Fisch gefangen! Er gehört mir, nicht wahr, Papa?«

»Sollen wir sagen, jedem von uns gehört eine Hälfte?« schlug der Marquis vor.

Es war eine schöne, gefleckte Forelle von etwa eineinhalb Pfund. Der Marquis nahm ihr den Haken aus dem Maul und tötete sie.

Lächelnd sah er Nolita an.

»Glauben Sie, das ist genug für uns alle?« fragte er.

»Noch eine oder zwei Forellen würden eine bessere Mahlzeit abgeben«, erwiderte sie.

Dabei blickte sie hoch. Wie er da stand und der Umriß seines Kopfes sich vor dem Himmel abhob, kam er ihr wohl sehr groß und stark vor, aber sie fürchtete sich nicht mehr vor ihm, wie sie es anfangs getan hatte. Vielleicht fühlte sie sich jetzt deshalb in seiner Gegenwart wohl, weil er etwas tat, was sie so oft gemeinsam mit ihrem Vater getan hatte.

Der Marquis warf von neuem die Leine aus. Nolita wies Bettine an, Holz für das Feuer zu sammeln, und zeigte ihr, wie es aufgeschichtet werden mußte. Als es brannte, wickelte sie die Forelle in Fenchel ein.

Bis der Fisch aufs Feuer gelegt werden konnte, hatte der Marquis zwei weitere Forellen gefangen. Er brachte sie Nolita und sagte: »Ich hoffe, daß Sie mich jetzt zu Ihrem Mittagessen einladen.«

»Was wird man im Haus denken, wo Sie geblieben sind?«

»Ist das so wichtig?« fragte er lässig.

Nolita gab keine Antwort. Sie dachte, obwohl sie es nicht auszusprechen wagte, daß die Marquise sich bestimmt ärgern würde, wenn sie hörte, daß der Marquis mit ihr und Bettine zusammen gegessen hatte.

Sie war sich klar darüber, daß ihre äußere Erscheinung die alte Frau gleich am ersten Tag gegen sie eingenommen hatte, und wenn sie niemals nach ihrer Enkelin geschickt hatte, dann bestimmt aus dem Grund, daß Mr. Farquahar und vielleicht auch ihr Sohn Bettines Gesellschafterin nicht zu Gesicht bekommen sollten.

Bei dem Gedanken an Mr. Farquahar hoffte Nolita von ganzem Herzen, die Marquise werde niemals von seinem Benehmen in der Bibliothek erfahren. Sie erschauerte bei der Vorstellung, wie wütend die Marquise werden würde. Dann vergaß sie jedoch alles über dem Vergnügen, die selbstgebratenen Fische zu essen.

Der Picknick-Korb enthielt Zitronen, die, wie Nolita wußte, den Geschmack der Forellen verbessern würden, und dazu einen Salat aus knackigem Kopfsalat und reifen Tomaten aus dem Garten.

Bettine lachte, als sie sich an dem heißen Fisch die Finger verbrannte, und der Marquis behauptete, noch nie habe er etwas so Köstliches gegessen. In Zukunft wolle er dafür sorgen, daß Sarle-Park keine Rechnungen des Fischhändlers mehr erhalte.

Es gab nur Limonade zu trinken, aber sie schien ihm ebenso zu munden wie Bettine. Danach aß er den größten Teil des Käses auf. Bettine versuchte, ihm Toast zu machen, und verbrannte das Brot.

»Ich persönlich ziehe frisches Brot vor, und mein Koch bäckt es recht gut«, bemerkte er.

»Mir schmeckt es auch am besten«, antwortete Nolita. »Übrigens halte ich es für eine gute Idee, wenn Bettine Unterricht im Kochen bekäme.«

Der Marquis hob die Augenbrauen.

»Glauben Sie, es könnte ein Tag kommen, an dem sie sich kein Personal, das für sie kocht, leisten kann?«

»Ich halte es nur für eine ausgezeichnete Methode, Gewichte und Maße zu lernen«, sagte Nolita.

Er warf den Kopf zurück und lachte.

»Ihre Ideen, Miß Walford, sind raffiniert und sehr originell. Natürlich bin ich einverstanden. Bettine muß Unterricht im Kochen bekommen, damit sie rechnen lernt. Vielleicht verraten sie mir auch, was sie beim Angeln lernen kann, abgesehen davon, das Risiko einzugehen, wenn nicht gerade das Hemd, so doch das Mittagessen zu verlieren.«

»Ich glaube, etwas hat sie bereits gelernt«, gab Nolita zurück. »Das ist ein Gefühl für Rhythmus und die Tatsache, daß ein Mann die Leine weiter hinauswerfen kann als eine Frau.«

Wieder lachte der Marquis. Dann sagte er mit offensichtlichem Widerstreben: »Leider muß ich Sie jetzt verlassen. Ich bin heute nachmittag mit meinem Verwalter verabredet. Diesen Ausflug müsse: wir unbedingt wiederholen.«

»Wirst du mir beibringen, die Leine so weit hinauszuwerfen, wie du es tust, Papa?« fragte Bettine.

»Sicher«, antwortete der Marquis, »und ich werde dir eine bessere Rute als die besorgen, die du im Augenblick benutzt. Damit habe ich geangelt, als ich in deinem Alter war, aber heute werden viel leichtere und flexiblere hergestellt.«

»Das wäre ein herrliches Geschenk«, meinte Bettine. »Aber ich habe noch lange nicht Geburtstag.«

»Sollen wir sagen, es sei ein besonderes Geschenk zwischen zwei Geburtstagen?« fragte der Marquis.

Bettine klatschte in die Hände.

Auf dem Heimweg sagte sie zu Nolita: »Wenn es Geschenke zwischen zwei Geburtstagen gibt, warum können wir dann nicht auch zwischen zwei Geburtstagen ein Fest veranstalten? Wir lassen uns einen ganz besonderen Kuchen backen und bitten Papa, daß er uns hilft, ihn aufzuessen.«

»Das ist gewiß eine feine Idee«, meinte Nolita. »Aber hast du denn keine Freundinnen in der Nähe, die du zum Tee einladen könntest?«

Sie hatte schon häufig gedacht, daß es gut für Bettine wäre, wenn sie zusammen mit ein paar Kindern ihres Alters lernen würde.

»Ich habe keine Freundinnen«, antwortete Bettine, »weil ich mich immer so schlecht benommen habe, wenn ich zu ihren Partys eingeladen war.«

Zumindest ist sie ehrlich, dachte Nolita und lächelte im stillen.

»Was hast du denn angestellt?« fragte sie.

»Ich habe ihr blödes Spielzeug zerschlagen und die Mädchen zum Weinen gebracht, und wenn die Jungen mich ärgerten, habe ich sie verhauen!«

»Da überrascht es mich nicht, daß du nicht wieder eingeladen worden bist.«

»Sie würden mich schon einladen, wenn ich wollte. Weil ich so reich bin.«

Nolita blieb stumm, aber Bettine sah den Ausdruck auf ihrem Gesicht. Nach einer Weile fragte sie: »Habe ich etwas Falsches gesagt?«

»Es klingt prahlerisch, hochnäsig und ziemlich eingebildet.«

»Und Sie finden das häßlich?«

»Es ist häßlich, und ich dachte heute morgen noch, wie hübsch du aussahst, als du deiner Großmutter die Blumen gabst.«

Nolita hatte ohne viel nachzudenken gesprochen, und Bettine sagte: »Dieser gräßliche Mr. Farquahar hielt *Sie* für hübsch. Er sah Sie mit so einem komischen Ausdruck in den Augen an. Deswegen ist Großmama böse geworden.«

Nolita hielt den Atem an.

Bettine war viel zu pfiffig und beobachtete viel zu scharf. Ihre Großmutter hätte das wissen müssen.

Dann sagte sie sich wiederum, daß sie nichts tun könne. Laut erklärte sie: »Wenn du die Wahrheit wissen willst, Bettine, ich kann Mr. Farquahar nicht leiden und finde, er ist ein unangenehmer Mann. Deshalb wollen wir nicht wieder über ihn reden. Erinnern wir uns statt dessen lieber daran, mit wieviel Geschick dein Vater uns zu einem guten Mittagessen verholfen hat.«

»Papa ist manchmal auch unangenehm«, sagte Bettine. »Aber heute nicht.«

»Nein, heute war er sehr freundlich«, stimmte Nolita zu.

Das war die Wahrheit, dachte sie, als sie das Haus erreichten. Der Marquis war auf eine Weise freundlich und verständnisvoll gewesen, die sie nie bei ihm vermutet hätte. Vielleicht änderte er sich ebenso, wie Bettine sich geändert hatte.

Am nächsten Morgen trat Nolita vor dem Ausritt zuerst in Dragonflys Box, wie sie es immer tat, streichelte ihn und sagte: »Guten Morgen, Dragonfly. Du siehst heute sehr schön aus. Bist du auch brav gewesen?«

Sam hatte die Box für sie geöffnet. Der große Hengst rieb die Nase an Nolitas Schulter, und Nolita klopfte ihm den Hals.

»Er wird jeden Tag braver, Miß, Tatsache«, berichtete Sam. »Wie ich erst gestern zu Seiner Lordschaft sagte, ist er ein ganz anderes Tier geworden, und das haben wir Miß Walford zu verdanken!«

»Ich würde gern glauben, daß das stimmt«, gab Nolita zurück. »Aber die meisten Pferde beruhigen sich, wenn sie eine Weile an einem Ort sind.«

»Seine Lordschaft meint«, fuhr Sam fort, als habe Nolita gar nichts gesagt, »wenn Sie ihn gern reiten möchten, hätte er nichts dagegen.«

Nolitas Augen strahlten vor Aufregung.

»Dann werde ich ihn gleich reiten, Sam.«

»Möchten Sie, daß ich Ihnen einen Reitknecht mitgebe, Miß? Das wäre vielleicht klüger.«

»Nein«, lehnte Nolita ab. »Es könnte Dragonfly nervös machen. Ich werde schon mit ihm fertig. Machen Sie sich keine Sorgen.«

Sie sattelte Dragonfly selbst, weil sie wußte, daß er es sich von ihr gefallen ließ. Dann saß sie auf, und sie fand, das sei einer der erregendsten Augenblicke ihres ganzen Lebens.

Sie trabten durch den Park. Dragonfly bockte ein bißchen, um seine Unabhängigkeit zu zeigen. Dann fiel er in Schritt.

»Warum haben Sie sich so besonders gewünscht, Dragonfly zu reiten, Miß Walford?« fragte Bettine.

»Aus zwei Gründen. Erstens, weil er das schönste Pferd ist, das ich je gesehen habe, und zweitens, weil es für mich eine Herausforderung ist, ob ich es schaffe, daß er sich gut benimmt.«

Bettine dachte eine Weile nach.

»Bin ich auch eine Herausforderung?«

»Ja, aber auf eine andere Art.«

»Sind Sie stolz und kommen Sie sich sehr klug vor, weil Sie jetzt Dragonfly reiten können?«

»Stolz bin ich wohl.« Nolita wußte genau, wohin diese Frage zielte. »Aber gleichzeitig bin ich auch dankbar, weil ich glaube, daß ich Dragonfly glücklich gemacht habe. Er war launisch und böse, denn er war unglücklich darüber, daß niemand ihn liebte.«

»Bis Sie gekommen sind, hat auch mich niemand geliebt.«

»Wahrscheinlich wollten sie dich lieben, aber sie hatten – nimm's mir nicht übel – vor dir ebenso Angst, wie Sam und die Stalljungen Angst vor Dragonfly hatten.«

»Und Sie hatten auch Angst vor mir.«

»Ja«, antwortete Nolita, »aber jetzt liebe ich dich.«

»Sie lieben mich wirklich?« fragte Bettine.

»Wirklich und wahrhaftig.« Und damit sprach Nolita die Wahrheit.

Das war sehr merkwürdig, dachte sie beim Weiterreiten. Denn bei ihrer Ankunft in Sarle-Park hatte sie jeden einzelnen gehaßt, und jetzt hatte sich Bettine unversehens in ihr Herz gestohlen.

Ja, sie liebte das Kind, und es vermittelte ihr das überraschende Gefühl von Wärme und Glück, wenn Bettine aufgeregt die Arme um sie schlang und ihr einen Gutenachtkuß gab. Instinktiv erkannte sie, daß Bettine das seit dem Tod ihrer Nanny bei keinem Menschen mehr getan hatte.

Obwohl sie bisher nie Umgang mit Kindern gehabt hatte, fand Nolita es faszinierend, zu beobachten, wie Bettines Verstand arbeitete.

Eine Bettine gegebene Erklärung mochte Gedankengänge auslösen, die das Kind zu den richtigen Schlußfolgerungen führten. Nolita war es jedesmal zumute, als habe sie ein Rennen gewonnen, wenn sie Bettine etwas erklärt und gemerkt hatte, wie Bettine es verarbeitete und endlich die richtige Schlußfolgerung zog.

Ich bin froh, daß ich nicht gleich am ersten Tag weggelaufen bin, sagte sich Nolita.

Statt dessen hatte sie bei Bettine und den herrlichen Pferden des Marquis ein Glück gefunden, mit dem sie nie gerechnet hätte.

Sie galoppierten über das ebene Feld, das sie morgens immer zuerst aufsuchten. Wie auch an den drei vorhergehenden Tagen ging es dann weiter zur Rennbahn.

Nolita und Bettine hatten beide großes Interesse an den Arbeiten dort. Sie sahen zu, wie die Bahn nivelliert und gewalzt wurde und wie die Hindernisse errichtet wurden. Der Marquis hatte sogar den Bau eines Wassergrabens angeordnet.

Er hatte nicht darüber gesprochen, aber Nolita stellte fest, daß die Hindernisse absichtlich ziemlich niedrig angelegt waren, so daß sie sich für Bettine als nicht zu schwierig oder zu gefährlich erweisen würden. Trotzdem würde der Parcours, wenn er einmal fertig war, noch genügend Anforderungen stellen.

Auf dem Weg zur Rennbahn mußten sie ein Wäldchen passieren. An dem Reitweg angekommen, ließen sie die Pferde im Schritt gehen und ritten Seite an Seite.

Da es heute nicht so heiß war wie am Tag zuvor, trug Nolita eine zu ihrem Reitkleid passende Jacke, die nicht so elegant und bestimmt nicht so teuer gewesen war wie die ihr von Lady Katherine abgetretenen Sachen.

Sie hatte ihrer Mutter gehört, bis Nolita aus ihrer eigenen hinausgewachsen war.

Diese Jacke saß an ihrer schlanken Gestalt wie angegossen, doch die Nähte waren blank, und an einigen Stellen war der Stoff verblichen.

Weder Nolita noch Bettine hatten einen Hut aufgesetzt. Schließlich war es früh am Morgen, und sie begegneten nie jemandem außer dem Marquis.

Nolita war der Meinung, da das Kind noch lernte, ein temperamentvolles Pferd zu reiten, wäre es ein Fehler, seine Aufmerksamkeit abzulenken. Und sie wußte aus Erfahrung, daß ein Hut, der einem beim Galopp vom Kopf zu rutschen droht, eine gefährliche Sache sein kann.

Sie ritten unter den Zweigen der Bäume dahin. »Ob Papa sich uns heute morgen wieder anschließen wird?« fragte Bettine.

»Schon möglich«, antwortete Nolita und hoffte, er werde es tun.

»Papas Herkules ...« begann Bettine mit einer Bemerkung über das Pferd des Marquis. Dann sah sie erstaunt nach vorn. Auch Nolita sah es.

Am Ende des Reitwegs, gleich am Rand des Feldes, das hinter dem Wald begann, warteten vier Männer auf Pferden, zwei auf jeder Seite des Pfades. Sie kehrten ihnen den Rücken zu.

Wer mochten sie sein? fragte sich Nolita, und da fiel ihr auf, daß sie alle mit langen Steigbügeln ritten. Sie erinnerte sich an den Mann, den sie an dem Tag gesehen hatten, als der Marquis zum erstenmal mit ihnen ausgeritten war. Der Fremde war im Wald verschwunden, und sie hatte ihn für einen Amerikaner gehalten.

Die Männer vor ihnen bewegten sich nicht. Irgendwie wirkten sie bedrohlich, auch wenn Nolita sich dieses Gedankens wegen töricht schalt.

Sie und Bettine konnten nichts anderes tun, als weiter auf sie zuzureiten. Es war der einzige Weg, der aus dem Wald hinausführte, und zum Umkehren lag kein triftiger Grund vor.

Die Männer waren jetzt nur noch ein paar Meter entfernt von ihnen. Nolita grüßte in ihrer Nervosität höflich.

»Guten ... Morgen.«

Sie erhielt keine Antwort, doch der ihnen am nächsten stehende Mann drehte sich um. Mit Entsetzen sah sie, daß er eine Maske über dem Gesicht trug. Sie starrte ihn an und hörte Bettine schreien: »Wer sind Sie? Lassen Sie mich in Ruhe!«

Der maskierte Mann neben Nolita faßte Dragonflys Zügel. Sofort bäumte das Pferd sich auf. Nolita versuchte es unter Kontrolle zu bekommen. Der Mann mit der Maske stieg ab, und einen Augenblick später zerrte er sie aus dem Sattel. Sie wehrte sich.

Da bäumte sich Dragonfly wieder auf, und die Zügel glitten ihr aus den Händen.

Gleich darauf hatte Dragonfly kehrtgemacht. Er bockte zornig, verfehlte ein anderes Pferd um Zentimeter und galoppierte den Reitweg in die Richtung hinunter, aus der sie gekommen waren. Die Steigbügel schlugen ihm gegen die Flanken.

Der maskierte Mann, der Nolita aus dem Sattel gezerrt hatte, faßte sie jetzt grob beim Arm und zwang sie, den drei anderen Männern, die noch auf ihren Pferden saßen, zu folgen. Einer von ihnen führte Bettines Pferd.

»Was haben diese Männer vor, Miß Walford?« rief Bettine. »Wohin bringen sie uns?«

»Ich weiß es nicht, Liebes«, antwortete Nolita. »Paß auf, daß du nicht vom Pferd fällst.«

»Bestimmt nicht«, versicherte Bettine. »Aber sie haben kein Recht, sich so zu benehmen!«

Natürlich nicht, dachte Nolita, doch es war niemand da, der sie daran hätte hindern können.

Es war nur ein ganz kurzes Stück bis zum Ende des Reitwegs, und als sie aus den Bäumen auf einen Feldweg hinauskamen, blieb Nolita vor Angst fast das Herz stehen. Denn da stand ein Wagen.

Es war ein solider Reisewagen, gezogen von vier kräftigen Pferden. Der Kutscher auf dem Bock starrte geradeaus, so daß Nolita sein Gesicht nicht sehen konnte.

Der Mann, der ihren Arm festhielt, befahl scharf: »Einsteigen!«

An seiner Sprache erkannte sie, daß sie richtig vermutet hatte. Er war Amerikaner.

Jetzt wurde ihr klar, daß diese Männer Bettine entführen wollten. Es wäre jedoch gefährlich gewesen, eine Szene zu machen, denn dann hätten die Männer sie niederschlagen und das Kind allein mitnehmen können.

»Ich will nicht absteigen. Sie können mich nicht zwingen!«

Ungeachtet ihres Schreiens wurde Bettine aus dem Sattel gezogen. Nolita streckte die Hände nach ihr aus, und Bettine lief zu ihr.

»Wer sind diese Männer?« fragte sie. »Was wollen sie uns antun, Miß Walford?«

Nolita nahm sie in die Arme.

»Wir müssen tun, was sie sagen«, flüsterte sie mit zitternder Stimme.

»Na gut«, erklärte Bettine, »aber wenn Papa davon hört, wird er sehr böse werden. Er wird nach der Polizei schicken, und diese Männer werden ins Gefängnis kommen!«

Einer der Männer sagte etwas, was Nolita nicht verstehen konnte, und die anderen lachten.

Da ihr nichts anderes übrig blieb, stieg sie in den Wagen und zog Bettine hinter sich her.

Die Tür knallte zu, und Nolita glaubte zu hören, daß sie abgeschlossen wurde. Dann fuhr der Wagen an, und sie merkte, daß die Fenster verdunkelt waren. Sie saßen im Finstern bis auf ein paar Lichtstrahlen, die durch Ritzen in den Beschlägen des Wagens drangen.

Nolita legte die Arme um Bettine. Das Kind sprudelte hervor: »Ich werde entführt! Das ist es, Miß Walford! Diese Männer werden ein Lösegeld für mich verlangen!«

Das hatte Nolita sich auch schon gesagt, aber es war ihr unmöglich gewesen, es in Worte zu fassen.

Die Männer waren Amerikaner, und zweifellos würden sie von Bettines Vater eine riesige Summe verlangen.

»Wir hätten weggaloppieren sollen, sobald wir sie sahen«, sagte Bettine entrüstet. »Aber vielleicht hätten sie uns eingeholt.«

»Es gab nichts, was wir hätten tun können«, antwortete Nolita. »Wir müssen jetzt versuchen ... tapfer zu sein.«

Ihre Stimme bebte.

»Sie haben Angst, Miß Walford, und Sie hassen es, daß man Ihnen Angst macht. Aber Sie werden nicht entführt, nur ich!«

»Ich weiß. Es wäre mir aber gar nicht recht, wenn du ... allein mit ihnen wärst.«

»Ich bin froh, daß Sie hier sind«, versicherte Bettine, »ich bin nur wütend, richtig wütend, daß es überhaupt passiert ist.«

Es beruhigte Nolita, daß Bettine wütend und nicht verängstigt reagierte.

Bettine fuhr fort: »Ich habe Papa einmal gefragt, ob in England ebenso wie in Amerika Leute entführt werden, und er sagte nein, aber wenn ich ins Ausland reiste, müßte ich einen Detektiv oder einen Leibwächter bei mir haben.«

Das hielt Nolita für vernünftig. Aber sie hätte ebenso wie Bettine nie gedacht, daß mitten in England und noch dazu auf einem Herrensitz wie Sarle-Park eine Entführung möglich sei.

Natürlich war Bettines Großvater sehr reich und zog Diebe und Verbrecher aller Art an. Und Bettine als seine einzige Enkelin war besonders gefährdet.

»Was glauben Sie, wohin sie uns bringen werden, Miß Walford?« fragte Bettine.

»Ich habe keine Ahnung«, erwiderte Nolita.

Sie hoffte inbrünstig, daß man sie nicht ins Ausland brachte.

Wenn sie nun nach Amerika verschleppt wurden, wo der Marquis sie unmöglich finden konnte? Schon eine Entführung auf den Kontinent würde die Suche nach ihnen schwierig machen.

Der Weg, den sie im Dunkeln zurücklegten, kam ihnen sehr lang vor. Nolita hielt Bettines Hand und dachte nicht nur nach. Sie betete.

»Bitte, lieber Gott, hilf dem Marquis, daß er uns findet... bitte, laß nicht zu, daß sie ... dem Kind etwas antun ... und steh mir bei, daß ich ... mich nicht so fürchte.«

Sie sagte das gleiche Gebet immer wieder und wieder her, bis Bettine fragte: »Beten Sie für uns, Miß Walford?«

Diese Frage verriet viel Einfühlungsvermögen.

»Ja«, antwortete Nolita. »Etwas anderes können wir kaum tun ... Wir müssen deinem Vater unsere Gebete zusenden, wie die kleinen weißen Tauben, die du für deine Großmutter gezeichnet hast. Sie werden ihm helfen, uns zu finden.«

Obwohl es dunkel war, merkte sie, daß Bettine ihr das Gesicht zuwandte.

»Glauben Sie wirklich, daß wir das können?«

»Davon bin ich überzeugt«, sagte Nolita fest. »Versuche, ein

Gebet auf Flügeln deines Geistes zu dem deines Vaters zu senden. Ich glaube, es wird ihn wie ein Licht dahin führen, wo diese schrecklichen Männer uns verstecken werden.«

»So wie der Stern von Bethlehem? Sie haben mir erzählt, er habe die drei Weisen aus dem Morgenland geführt, die Jesus finden wollten.«

»Genauso.«

»Ich habe die Gebete vergessen, die ich von Nanny gelernt habe«, ließ sich Bettine nach einigem Nachdenken hören.

»Wenn du ihr eine kleine weiße Taube schickst und sie bittest, dir zu helfen, wird sie es bestimmt tun.«

»Schicken Sie eine Taube zu ihrer Mutter?« fragte Bettine.

»Ja, natürlich. Und zu meinem Vater. Er wäre sehr zornig auf diese Männer gewesen, die so etwas Böses tun.«

»Papa wird auch zornig werden.«

»Ja, natürlich. Aber er muß uns finden, und das mag schwierig werden, wenn wir ihm nicht helfen.«

Sie fuhren und fuhren, und Nolita betete. Und Bettine, da war sie sicher, betete ebenfalls.

»Ich finde es scheußlich, im Finstern zu sitzen«, beklagte sich das Kind. »Ich wünschte, wir könnten aus den Fenstern sehen.«

»Sie sind übermalt worden«, stellte Nolita fest.

Sie berührte die Fensterscheibe mit der Hand, und ihr Verdacht bestätigte sich. Sie war auf der Innenseite mit Farbe gestrichen. Nolita kratzte daran, und nach kurzer Zeit hatte sie so viel von der Farbe entfernt, daß ein kleines Loch entstanden war.

»Können Sie irgend etwas sehen?« fragte Bettine aufgeregt.

»Geh du an das Loch«, schlug Nolita vor.

Bettine kniete sich auf den Boden und legte das Auge an den Kratzer, den Nolita gemacht hatte.

»Es ist nicht viel zu sehen«, sagte sie, »nur das Gras neben der Straße.«

»Probieren wir es ein Stück weiter oben am Fenster«, sagte Nolita.

Sie machten sich an die Arbeit, aber es war nicht leicht, denn es bedeutete, daß sie die sehr dick aufgetragene Farbe im Stehen abschaben mußten.

Schließlich gelang es Nolita, ein kleines Guckloch zu schaffen, und als sie hindurchblickte, sah sie Häuser. Also hatte sie recht gehabt, als sie vermutete, man werde sie nach London bringen.

Natürlich war es für die Entführer zu gefährlich, einen Zug zu benutzen, und deshalb war die einzige Möglichkeit eine Wagenfahrt, die ebenso lange dauern würde, wie Nolita für die Reise vom Haus ihrer Tante Katherine nach Sarle-Park gebraucht hatte. Sie kam ihr länger vor. Und sie hatte Angst, und die Luft im Wagen war stickig, weil die Fenster geschlossen waren.

»Ich sehe Häuser!« rief Bettine. »Aber das sagt uns immer noch nicht, was wir tun sollen, wenn wir ankommen.«

»Zeige einfach ein würdiges Benehmen«, antwortete Nolita. »Weinen und Schreien wird nichts nützen.«

Sie überlegte sich, daß diese Männer grob werden könnten, wenn sie sich widersetzten.

»Wenn sie uns nun – etwas antun?« fragte Bettine mit ziemlich dünner Stimme.

»Das hätte wohl wenig Sinn, außer wir versuchen wegzulaufen oder irgendwie Aufmerksamkeit zu erregen«, erwiderte Nolita.

Trotzdem zitterte sie bei diesem Gedanken. Die ganze Idee war so beklemmend.

»Ich werde auf Sie aufpassen«, versprach Bettine. »Aber es wird sehr schwierig werden.«

»Ja, ich weiß«, stimmte Nolita zu, »und obwohl du das Wort haßt, wird es das Beste sein, wenn wir uns wie *Damen* verhalten und sehr ruhig und würdevoll sind.«

Der Wagen hielt an, und Nolita stockte der Atem. Sie hörte Stimmen, wieder mit amerikanischem Akzent, und in der nächsten Minute wurde die Wagentür geöffnet.

In ihrer Angst und weil sie so lange im Dunkeln gewesen war, konnte sie einen Augenblick lang nichts sehen.

Dann stieg ein maskierter Mann, groß und bedrohlich, zu ihnen ein.

6. *Kapitel*

»Ihr könnt gleich die Augenbinden abnehmen«, sagte eine grobe Stimme mit sehr starkem nordamerikanischem Akzent.

Nolita entfernte das Taschentuch, das man ihr über die Augen gebunden hatte, bevor ihr erlaubt worden war, den Wagen zu verlassen.

Das gleiche war Bettine widerfahren, und es hatte gar nichts genützt, daß Nolita schützend die Hand in Richtung des Kindes ausstreckte. Bettine hatte sie umklammert, doch sie waren auseinandergerissen worden.

Nolita wurde von einem Mann, der sie an beiden Armen festhielt, vorwärtsgeschoben. Sie hörte Bettine neben sich und hatte den Eindruck, daß sie einen Hof überquerten und in eine Tür eintraten.

Da war eine Stufe, über die sie stolperte. Sie wäre gefallen, hätten die Hände auf ihren Armen sie nicht gehalten.

Eine Stimme sagte: »Jetzt geht es eine Treppe hoch – drei Stockwerke.«

In ihrer Angst, von Bettine getrennt zu werden, rief Nolita: »Bist du da, Bettine?«

»Ja – hier bin ich«, kam die Antwort.

Das Kind wollte noch etwas sagen, aber der Mann hinter Nolita befahl in autoritärem Ton: »Nicht reden! Ruhe!«

Er ließ Nolita erst los, als sie sich, wie sie sicher glaubte, auf einem Dachboden befanden. Eine Tür wurde geschlossen, und der Befehl kam: »Ihr könnt die Augenbinden jetzt abnehmen.«

Einen Moment lang wollten ihre Augen sich nicht richtig einstellen. Dann sah Nolita, daß es wirklich ein Dachboden war.

Die Decke war niedrig, aber die Ausdehnung des Raums ließ darauf schließen, daß das Haus groß sein mußte.

Da waren die üblichen Balken und Stützen, die man auf einem

Dachboden erwartet, und auch eine Anzahl kleiner Fenster. Aber sie waren nicht nur mit Läden verschlossen, sondern auch noch mit Querstangen gesichert, die erst kürzlich angebracht worden sein mußten.

Der Dachboden war mit einem Teppich, einem Tisch in der Mitte des Raums und mehreren Stühlen ausgestattet. Durch eine Tür in einer Trennwand konnte man in ein Schlafzimmer sehen.

Die fahle Beleuchtung kam von dem Oberlicht, das ebenfalls verbarrikadiert war. Nolita sah nirgendwo Gaslampen oder Kerzen und hatte das unbehagliche Gefühl, sobald das Tageslicht schwand, werde man sie im Dunkeln sitzen lassen.

Doch im Augenblick machten ihr nur die Männer, die sie gefangengenommen hatten, Sorge.

Es waren vier gewesen, aber nur zwei waren mit ihnen auf den Dachboden gekommen – der Mann, der sie selbst die Treppe hinaufgeschoben hatte, und ein zweiter für Bettine.

Das Kind nahm das Taschentuch von den Augen, kam rasch zu Nolita und ließ seine Hand in ihre gleiten.

Mit einem Mut, den sie durchaus nicht empfand, sah Nolita den ihr am nächsten stehenden Mann an und fragte: »Vielleicht werden Sie uns nun sagen, was das alles zu bedeuten hat und warum Sie uns hierhergebracht haben?«

»Ich denke, das liegt auf der Hand«, antwortete der Mann.

An seiner Stimme erkannte Nolita ihn als den, der sie die Treppe hinaufgeschoben hatte.

Er war nicht sehr groß, aber breitschultrig. Mit seiner untersetzten Gestalt und der ungebildeten Sprechweise kam er ihr wie der Typ von Verbrecher vor, der nach allem, was sie gehört hatte, in Amerika vorherrschte.

Er und der andere Mann im Raum trugen Masken, die nicht nur die obere Hälfte des Gesichts bedeckten, sondern noch weit genug hinabreichten, um die Oberlippe zu verbergen. Das gab ihnen ein finsteres Aussehen, und Nolita merkte an der Art, wie Bettine sich an sie klammerte, daß das Kind sich fürchtete.

»Wir werden euch nicht weh tun«, sagte der Mann, der Bettine und Nolita ihre Angst anmerkte, »wenn ihr tut, was euch gesagt wird, und wir das Lösegeld schnell bekommen.«

»Also sind Sie tatsächlich Entführer!« rief Nolita.

»Was haben Sie denn gedacht?« fragte der Mann. Nolita hatte den Eindruck, er wolle sie verhöhnen.

»Sie haben kein Recht, mich zu entführen!« erklärte Bettine plötzlich mit neuem Mut. »Mein Vater wird mit der Polizei kommen und Sie ins Gefängnis stecken lassen.«

»Erst muß er uns erwischen«, antwortete der Mann spöttisch. »Und außerdem interessiert uns dein Vater überhaupt nicht. Dein Opa wird zahlen müssen.«

»Großpapa!« rief Bettine. »Aber der lebt in Amerika!«

Der Mann lachte.

»So weit weg ist das auch wieder nicht.«

Jetzt wußte Nolita, daß sie eigens von Amerika gekommen waren, um Bettine zu entführen.

Der Reichtum ihres Großvaters war der Anlaß gewesen, diesen Plan auszuhecken. Nolita erinnerte sich an den Reiter mit den langen Steigbügeln, den sie und der Marquis gesehen hatten. Bestimmt hatte er sich dort aufgehalten, um die Gewohnheiten der Bewohner von Sarle-Park auszukundschaften und herauszubringen, wie sie Bettine in ihre Klauen bekommen konnten.

Nolita blieb nichts weiter übrig, als zu beten, daß der Marquis sich zusammenreimte, was geschehen war, wenn Dragonfly in den Stall zurückkehrte.

Doch auch dann – wie sollte er es fertigbringen, sie in London zu finden, wo sie sich, davon war Nolita überzeugt, im Augenblick befanden?

Es gab Tausende und Abertausende von Dachböden ähnlich diesem hier, und die Polizei würde Jahre brauchen – wenn es nicht überhaupt unmöglich war – alle nach einem kleinen Mädchen von elf und ihrer Gesellschafterin zu durchsuchen.

Allmählich gestand sie den amerkanischen Verbrechern Klugheit zu.

Sie hatten London erreicht, bevor der Marquis imstande gewesen war, irgendwelche Nachforschungen einzuleiten, und das hieß, daß sie und Bettine spurlos verschwunden waren.

»Hör zu, was ich dir jetzt sage«, knurrte der Mann mit der

Maske Bettine an. »Du setzt dich an diesen Tisch und schreibst deinem Opa, daß du entführt worden bist. Und wenn er nicht eine Million Dollar für deine Freiheit bezahlt, wirst du sterben!«

Bettine stieß einen Entsetzensschrei aus, und Nolita sagte schnell: »Sie dürfen Lady Bettine nicht mit solchen Behauptungen ängstigen! Sie wissen ebensogut wie ich, daß sie ihnen tot gar nichts nützen würde, und wenn Sie das Geld haben wollen, müssen Sie sie am Leben halten.«

Bettine blickte zu Nolita auf, rückte ein bißchen näher an sie heran und klammerte sich mit beiden Händen an ihrer Hand fest.

»Würden sie mich wirklich ... umbringen?« flüsterte sie.

»Nein, natürlich nicht«, antwortete Nolita. »Sie wissen, daß sie wegen der Entführung ins Gefängnis kommen können, aber so dumm sind sie nicht, daß sie es riskieren, eines Mordes wegen ihr Leben zu verlieren.«

Sie sprach so zuversichtlich, daß Bettine überzeugt war. Aber ihr Herz raste, und sie fürchtete sich so sehr, daß es eine schreckliche Anstrengung für sie bedeutete, klar und fest zu sprechen.

Als bewundere er ihren Mut, lachte der Mann mit der Maske kurz auf.

»Na gut«, sagte er, »bleiben wir alle auf dem Teppich. Der alte Geldsack wird seine einzige Enkelin schon nicht verfaulen lassen, um ein paar Dollar zu sparen.«

Er trat an den Tisch und zog einen Stuhl zurück.

»Kommen Sie, Euer Ladyschaft«, forderte er Bettine ironisch auf. »Je eher Sie Ihrem Opa schreiben, desto eher kehren Sie zu Ihrem Papa zurück!«

Bettine sah Nolita fragend an, und Nolita sagte leise: »Du tust besser, was er sagt, Liebes. Wir können uns nicht gegen ihn wehren.«

»Das nenne ich gesunden Menschenverstand«, lobte der Mann. »Wir werden es euch ganz gemütlich machen, wenn ihr euch ordentlich benehmt.«

Zögernd ging Bettine zu dem Tisch und setzte sich auf den Stuhl. Nolita sah jetzt, daß dort eine Löschblattunterlage mit ein paar Blättern Papier, einem Tintenfaß und einer Feder lag.

»Schreibe, was ich dir sage«, befahl der Mann. »Aber du

kannst deine eigenen Worte verwenden.«

Nolita stellte sich neben Bettines Stuhl.

Das Kind schrieb normalerweise sehr schön, aber in ihrer Aufregung wurde ihre Handschrift zum Gekrakel, und da die Spitze der Feder nicht gut war, entstanden viele Tintenkleckse und -spritzer. Doch Bettine schrieb mehr oder weniger das nieder, was der Mann verlangte, und schließlich war zu lesen:

Es tut mir leid, Großpapa, daß Du das ganze Geld bezahlen mußt, aber es sind böse, böse Männer, und ich hoffe, sie kommen für Jahre und Jahre ins Gefängnis!

Mit vielen Grüßen
von Deiner Dich liebenden
Enkelin Bettine

»Da!« sagte sie patzig. Als spüre sie, daß Nolita Bedenken wegen der Bemerkung am Ende des Briefes habe, verteidigte sie sich: »Er hat gesagt, ich dürfe meine eigenen Worte verwenden.«

»Ja, das hat er«, bestätigte Nolita.

Sie nahm den Brief und gab ihn dem Mann mit der Maske.

Er las ihn und lachte.

»Nicht sehr schmeichelhaft, Euer Ladyschaft! Wäre ich wirklich so böse, könnte ich mich weigern, euch Essen zu geben, oder euch in einem dunklen Keller statt auf diesem hübschen Dachboden einsperren.«

»Ich bin sicher, daß Sie nichts dergleichen tun werden«, fiel Nolita schnell ein.

Ihrem Gesichtsausdruck entnahm er, daß es ihr darum ging, Bettine wirkliche Angst zu ersparen. Sie musternd, meinte er: »Sie sind ein Schätzchen. Wir sollten uns einmal unterhalten, wenn Sie dienstfrei haben.«

Die Angst, die Nolita bei diesen Worten empfand, unterschied sich von allem, was sie bisher empfunden hatte. Sie spürte, daß der Mann gefährlich war, gefährlicher als Esmond Farquahar. Sie legte die Arme um Bettines Schultern und antwortete mit leicht bebender Stimme: »Ich bin niemals dienstfrei. Ich muß mich um Lady Bettine kümmern und es verhindern, daß sie sich übermäßig ängstigt.«

Wieder lachte der Mann. Es klang nicht angenehm.

»Darüber reden wir noch. Ich muß diesen Brief nach New York schicken, und je eher, desto besser!«

Bettines Brief in der Hand, machte er kehrt und ging auf die Tür zu, vor der der zweite Mann stand. Er öffnete sie für den Anführer, und sie gingen hinaus. Dabei wechselten sie ein paar Worte. Nolita konnte sie nicht verstehen, aber aus der Art, wie sie auf der Treppe lachten, schloß sie, daß es eine Gemeinheit gewesen sein mußte.

Erst als es ruhig geworden war, zog sie Bettine an sich.

»Es tut mir leid! O Liebes, es tut mir so leid!« sagte sie.

»Meinen Sie, sie werden mir tatsächlich – etwas antun?« fragte Bettine.

»Nein, ich bin überzeugt, das werden sie nicht«, beruhigte Nolita sie.

Sie konnte den Gedanken nicht verscheuchen, daß nicht nur Bettine sich in Gefahr befand. Sie selbst war auf andere Weise ebenfalls bedroht. Doch das war etwas, das sie dem Kind nicht erklären konnte, sie konnte nur inbrünstig beten, daß sie sich umsonst sorgte.

Noch vor einer Woche hätte sie die Gefahr, in der sie schwebte, nicht erkannt. Erst durch Mr. Farquahar war ihr bewußt geworden, daß ihr Aussehen sie in eine fürchterliche Situation bringen mochte. Sie wagte gar nicht daran zu denken.

Um ihre Angst zu überwinden, machte sie Bettine einen Vorschlag.

»Wir sind jetzt allein und könnten ... unser Gefängnis auskundschaften, ob ... es irgendeine Fluchtmöglichkeit gibt.«

Sie hielt das für unmöglich. In Wirklichkeit wollte sie wissen, welche Mittel es gab, sich und Bettine zu verbarrikadieren.

Wie sie sich gleich hätte denken können, war zwar die Tür zum Treppenhaus wie auch die zum Schlafzimmer mit großen Schlössern versehen, aber in keinem von beiden steckte ein Schlüssel.

Der Schlafraum war fast ebenso groß wie der Aufenthaltsraum, und auch da waren die Läden vor den Fenstern verschlossen und verbarrikadiert. Nur durch ein Fenster ohne Scheibe drang ein bißchen frische Luft. Das war jedoch nicht genug. Bestimmt würden sie es sehr heiß und stickig haben.

In dem Zimmer standen zwei Betten, ein Tisch, Stühle und sogar eine Kommode, die ihrer Ansicht nach sinnlos war, weil weder Nolita noch Bettine irgend etwas hatten, das sie hineinlegen konnten.

Ein Waschständer war mit einer Porzellanschüssel und einer mit kaltem Wasser gefüllten Kanne versehen.

Sie legten ihre Reitmäntel ab. Nolita, die es als widerlich empfunden hatte, daß das Taschentuch des Räubers ihr Gesicht berührt hatte, goß etwas Wasser in das Becken, wusch sich das Gesicht und veranlaßte Bettine, sich zu säubern.

Zu ihrer Überraschung hatte man sie mit einem Handtuch und Seife versorgt, was doch recht aufmerksam war. Andererseits ließ es den unangenehmen Gedanken aufkommen, daß die Entführer damit rechneten, sie geraume Zeit beherbergen zu müssen.

»Wie lange ist ein Brief nach New York unterwegs?« erkundigte sich Nolita bei Bettine.

»Das weiß ich nicht«, antwortete diese. »Ich schreibe Großpapa nur zu Weihnachten und wenn er mir Geschenke schickt.«

»Tut er das oft?«

Bettine dachte nach.

»Zu Ostern bekam ich von ihm ein goldenes Armband, mit Diamanten besetzt, einen Monat zuvor schickte er mir einen Sattel und Zaumzeug, wie sie diese Cowboys in Texas benutzen.«

»Warum hat er das getan?« fragte Nolita.

Bettine schüttelte den Kopf.

»Das weiß ich nicht. Niemand spricht mit mir über Großpapa. Papa mag ihn nicht, und Großmama sagt, er sei zu reich, um menschlich zu sein.«

Wann hast du ihn das letztemal gesehen?«

»Das ist lange, lange her. Er kam für einen einzigen Abend, nur um mich zu besuchen, und ich wurde herausgeputzt und ermahnt, mich gut zu benehmen.«

»Was für ein Mensch ist er?«

»Das ist schwer zu beantworten«, meinte Bettine, »aber Nanny sagte, er sei zäh und so hart wie Granit.«

Nolita sprach es nicht aus, aber sie machte sich Gedanken, ob Bettines Großvater hart bleiben und sich weigern werde, den Forderungen der Entführer nachzugeben.

Ihr Vater hatte einmal über Entführer in Amerika gesprochen. Es war ein sensationeller Fall gewesen: Ein ganz kleines Kind war im Central Park aus seinem Kinderwagen geraubt worden. Die Eltern bezahlten ein hohes Lösegeld. Das Baby wurde ihnen zurückgegeben, aber da die Entführer es nicht richtig versorgt hatten, starb es.

»Diesen Verbrechern dürfte man nicht nachgeben«, hörte Nolita ihren Vater sagen, als die Geschichte in den englischen Zeitungen erschien. »Wenn die Leute sich weigerten, ihnen Lösegeld zu zahlen, wäre Entführung kein lukratives Geschäft mehr.«

»Die meisten Leute«, hatte Nolitas Mutter in ihrer sanften Art eingewendet, »würden das Geld jedoch für unwichtig ansehen, wenn sie damit die Rückkehr eines geliebten Kindes erkaufen könnten.«

Ob Bettines Großvater, den sie so selten sah, sie genug liebte, um eine Million Dollar zu bezahlen? Oder würde, wenn er sich weigerte, der Marquis das Geld, eine für ihn ungeheuerliche Summe, auftreiben?

Nolita sagte sich, daß sie sich unnötig ängstigte. Natürlich war Bettines Leben mehr wert als jede Summe, ganz gleich, wie hoch.

Wieder sandte sie geflügelte Botschaften an den Marquis: Er möge sie finden, er möge sie schnell finden!

Sie hatten Wasser zum Waschen, aber keins zum Trinken, und als es heiß und heißer wurde, bekamen sie immer mehr Durst.

»Ich habe Hunger. Bestimmt ist die Zeit für unser Mittagessen längst vorbei«, klagte Bettine.

»Vielleicht bringen sie uns etwas zu essen«, tröstete Nolita sie.

Ihr grauste bei dem Gedanken, daß die Männer zurückkämen, auch wenn sie sich ermahnte, daß sie aus Angst, was sie tun könnten, zu nervös sei.

Nachdem sie sich die beiden Dachzimmer angesehen hatte,

stellte Bettine fest: »Wenn wir ein Seil hätten, könnten wir eines der Fenster öffnen und auf die Straße hinunterklettern.«

»Das wäre sehr gefährlich«, gab Nolita zu bedenken, »und selbst wenn wir ein Seil hätten, glaube ich nicht, daß ich den Mut aufbrächte.«

»Sie waren sehr mutig, als Sie dem Mann sagten, er könnte mich nicht umbringen«, sagte Bettine.

»Ich wollte nicht, daß du seinen dummen Bemerkungen glaubst«, erwiderte Nolita.

Bettine gab darauf nicht gleich eine Antwort. Schließlich murrte sie: »Wenn sie mich töten, wem würde das etwas ausmachen? Ich glaube, Großmama wäre froh darüber!«

»So etwas darfst du nicht sagen!« ermahnte sie Nolita. »Auch wenn deine Großmutter manchmal böse auf dich ist, würde es sie bestimmt sehr traurig machen, wenn du nicht da wärst.«

»Noch trauriger wäre sie, wenn Mr. Farquahar umgbracht würde«, erwiderte Bettine.

»Du redest schlimmes Zeug«, sagte Nolita. »Spielen wir lieber ›Schiffe versenken‹. Wie ich sehe, ist noch ein Blatt Papier übrig, und die Feder können wir uns teilen.«

Der Vorschlag erfreute Bettine. Eine Weile saßen sie am Tisch und spielten »Schiffe versenken«, bis das Kind sagte: »Ich habe großen Hunger, und ich möchte etwas zu trinken. Glauben Sie, wenn wir laut schreien, wird jemand kommen und nachsehen, was los ist?«

»Nein, nein! Das dürfen wir nicht!« protestierte Nolita.

Gleichzeitig hörte sie Schritte die Treppe heraufkommen, und einen Augenblick später drehte sich der Schlüssel im Schloß.

Zwei Männer, beide mit Masken, hielten Tabletts in den Händen.

»Mittagessen!« rief Bettine.

Nolita stellte erleichtert fest, daß keiner der beiden Männer der Anführer war.

»Was haben Sie uns zu essen gebracht?« erkundigte Bettine sich.

»Rindfleisch, so was mögt ihr Tommys ja gern«, antwortete der Mann. »Mir persönlich wäre ein Hamburger lieber.«

Er stellte das Tablett auf den Tisch, und der zweite Mann tat es ihm nach.

»Wenn ihr sonst noch was wollt«, fuhr der erste fort, »müßt ihr es euch verkneifen. Die vielen Stufen bis hier herauf passen mir gar nicht.«

»Wir sind für jede Mahlzeit sehr dankbar«, erklärte Nolita ruhig. »Danke.«

Ihre Höflichkeit verblüffte den Mann so, daß er stehenblieb und sie ansah. Während dessen inspizierte Bettine die Tabletts.

»Kaltes Rindfleisch«, sagte sie, »ein paar komisch aussehende Mixed Pickles, Brot und Käse. Aber keine Butter und nur Wasser zum Trinken.«

»Wenn ihr Champagner wollt, müßt ihr dafür bezahlen«, höhnte der Mann, der dem Tisch am nächsten stand, »und da ihr bei einem Ausritt wart, habt ihr sicher keinen Cent in der Tasche.«

»Wir beklagen uns nicht«, sagte Nolita, bevor Bettine den Mund öffnen konnte.

»Das laßt auch besser!« kam die angriffslustige Erwiderung. »Wir sind viel zu weich gegen euch. Wenn es nach mir ginge, würde ich dem kleinen Mädchen einen Finger nach dem anderen abhacken, bis das Geld bezahlt ist. So bekommt man schnelle Antworten!«

Bettine schrie auf, und Nolita sagte ärgerlich: »Bitte, gehen Sie, damit wir essen können.«

Sie sah den Mann herausfordernd an. Im Augenblick war sie so wütend über seine Bemerkungen, daß sie nicht einmal Angst hatte.

Gerade als der Mann antworten wollte, klang von unten ein Ruf herauf, und gleich darauf das Geräusch von Schüssen.

Zwei Schüsse fielen, dann noch einer. Die Maskierten machten kehrt, stürzten aus dem Zimmer und trampelten die Treppe hinunter. Bettine lief zu Nolita und schlang die Arme um sie.

»Was ist das?« fragte sie. »Warum wird geschossen?«

»Ich weiß es nicht«, erwiderte Nolita, »aber ich hoffe, daß ... uns dein Vater vielleicht gefunden hat.«

»Wenn das stimmt, dann sind wir gerettet! Ich will nie wieder ungezogen sein, ich will nie wieder etwas gegen seinen Willen tun. Ich verspreche – ich verspreche, daß ich auf immer und ewig brav sein werde!«

Nolitas Arme schlossen sich fester um sie. Sie hörte von fern laute Stimmen und konnte nur dastehen und lauschen. Aus Angst vor einer erneuten Schießerei wagte sie kaum zu atmen.

Plötzlich klangen durch den Tumult unten Schritte auf der Treppe.

Nolita fürchtete, es könnte der Anführer sein, der sie einschüchtern, vielleicht aber auch nur die Tür verschließen wollte, die von den beiden Essensträgern offengelassen worden war, als sie nach unten gestürmt waren.

Die Schritte kamen näher. Auch Bettine lauschte. Beide waren unfähig, sich zu rühren.

Die Tür flog auf, und mit einem unbeschreiblichen Gefühl der Erleichterung erkannte Nolita den Marquis.

Auch Bettine sah ihn und stieß einen Schrei aus, der von allen Ecken des Dachbodens widerhallte. Sie lief auf ihn zu.

»Papa! Papa!«

Sie warf sich gegen ihren Vater, der sie in die Arme nahm und zu Nolitas Überraschung auf die Wange küßte.

Dann begegneten seine Augen denen Nolitas. Wie unter einem Zwang stehend, bewegte sie sich auf ihn zu.

Der Marquis hielt Bettine, deren Arme sich um seinen Hals schlangen, immer noch auf dem Arm. Nun streckte er die freie Hand aus, und Nolita ergriff sie. Sie spürte die Wärme und die Kraft seiner Finger, und ihr Herz schien in ihrer Brust mehrere Purzelbäume zu schlagen.

Gleichzeitig war ihr, als müsse sie in Tränen ausbrechen.

»Ihr seid heil und gesund?« In der Stimme des Marquis klang ein Ton mit, den Nolita nie zuvor gehört hatte. »Sie haben euch nichts getan?«

»O Papa, Papa«, rief Bettine, »wir haben darum gebetet, daß du kommst und uns rettest. Miß Walford und ich haben mit unseren Gebeten kleine weiße Tauben ausgeschickt, die dir sagen sollten, wo wir waren.«

»Ich bin überzeugt, daß sie mir geholfen haben«, antwortete

der Marquis. »Aber vor allem müssen wir Dragonfly danken.«

Bettine hob den Kopf von ihres Vaters Schulter.

»Hat Dragonfly dir erzählt, wo wir waren?« fragte sie ungläubig.

»Das nicht gerade«, lächelte der Marquis, »aber er hat mir erzählt, daß irgend etwas nicht stimmte, obwohl ich zuerst dachte, er habe Miß Walford einfach abgeworfen.«

Nolita hielt seine Hand immer noch mit ihren beiden Händen fest. Dann kam ihr zu Bewußtsein, daß sie sich wie eine Ertrinkende an ihn klammerte, und sie ließ seine Hand los.

»Ich werde euch genau erzählen, was sich abgespielt hat, aber ich schlage vor, daß wir zuerst diesen Ort verlassen«, sagte der Marquis.

»Ja, bitte, bring uns weg, Papa«, flehte Bettine ihn an.

Nolita nahm Bettines und ihren Reitmantel von einer Stuhllehne und folgte dem Marquis, der seine Tochter trug, die Treppe hinunter.

Im ersten Stock und dann im Parterre angekommen, sah sie, daß es ein großes und imposantes Haus war, so wie sie es sich nach den Abmessungen des Dachbodens gedacht hatte. Soweit sie feststellen konnte,war es spärlich möbliert. Vielleicht hatten die Entführer dieses leere Haus in London nur gemietet, Bettine dort gefangenzuhalten.

Unten befand sich eine verhältnismäßig große Eingangshalle. Nolita sah gerade noch die Rücken von zweien der Amerikaner, die von Polizisten zur Eingangstür hinausgeführt wurden.

Es war auch eine Anzahl Soldaten mit Gewehren in den Händen da, die beim Erscheinen des Marquis Haltung annahmen.

Ein Offizier betrat aus einem Zimmer kommend die Halle und lächelte ihm zu.

»Sie haben, wie ich sehe, Ihre Tochter gefunden, Mylord.«

»Sie waren oben auf dem Dachboden«, berichtete der Marquis, »und wie ich dankbar feststelle, unverletzt.«

»Es muß ein schreckliches Erlebnis gewesen sein«, meinte der Offizier und sah dabei Nolita mit unverhüllter Bewunderung an.

»Ein furchtbares Erlebnis«, pflichtete der Marquis ihm bei, »und je eher ich sie von hier wegbringe, desto besser.«

»Eure Lordschaft wird morgen für eine Aussage über die Vorkommnisse benötigt werden.«

»Das versteht sich«, erwiderte der Marquis, »und ich werde keine Mühen scheuen, daß diese Schweine die Strafe bekommen, die sie verdienen.«

»Darauf dürfen Sie sich verlassen.«

»Ich danke Ihnen«, sagte der Marquis, »und bitte, sagen Sie dem Colonel, wie außerordentlich dankbar ich für die Hilfe bin, die Sie und Ihre Männer mir gewährt haben.«

»Ich will das gern ausrichten, Mylord.«

Er sah immer noch Nolita an, und sie merkte, daß sein Blick ihr folgte, als sie hinter dem Marquis, der Bettine immer noch auf dem Arm trug, zur Eingangstür ging.

Draußen standen ein vierrädriger Wagen, der offenbar die Soldaten gebracht hatte, und zwei Polizeiwagen, von denen einer soeben abfuhr. Nolita vermutete, daß die Verbrecher darin waren.

Dann sah sie Herkules, das Pferd des Marquis, und neben ihm zwei Reitknechte aus Sarle-Park, beide zu Pferde.

Ihr dämmerte, wieso der Marquis sie so schnell gefunden hatte.

Der Marquis blickte suchend die Straße hinunter. Einer der Polizisten kam auf ihn zu.

»Ich habe nach einer Droschke geschickt, Mylord. Sie müßte in wenigen Sekunden hier sein.«

In diesem Augenblick tauchte die Droschke auch schon auf und hielt kurz darauf.

Der Marquis setzte Bettine auf den Rücksitz und trat zur Seite, um Nolita vor ihm einsteigen zu lassen.

Sie wollte sich auf den Notsitz mit dem Rücken zu den Pferden setzen, aber der Marquis sagte: »Setzen Sie sich doch zu Bettine.«

Sie gehorchte ihm, obwohl der Platz in ihren Augen ihm und nicht ihr zustand.

Der Marquis dankte dem Polizisten und befahl dem Kutscher, nach Sarle-House, seinem Stadthaus, zu fahren.

Als der Wagen sich in Bewegung setzte, bettelte Bettine: »Komm und setz dich neben mich, Papa. Es ist eine Menge Platz, und ich könnte mich ja auch auf deinen Schoß setzen. Ich will ganz, ganz sicher sein, daß du da bist und diese bösen Männer mir nicht die Finger abhacken werden.«

»Dir die Finger abhacken?« fragte der Marquis scharf, während er Bettines Wunsch nachkam und sich neben Nolita auf den Rücksitz des Wagens setzte. Seine Tochter nahm er auf den Schoß.

Nolita war sich seiner Nähe lebhaft bewußt und ebenso der Tatsache, daß sich ihre Schultern berührten, wenn die Droschke um eine Ecke bog.

Sie versuchte sich einzureden, das seltsame Gefühl, das sie dabei empfand, rühre einfach daher, daß er sie gerettet hatte. Doch wenn sie ehrlich sein wollte, war es wohl etwas anderes.

Etwas, das geschehen war, als er ihr die Hand entgegengestreckt und sie gespürt hatte, wie sich seine Finger um die ihren schlossen.

»Ich hatte Angst, Papa, große, große Angst«, erzählte Bettine. »Erst sagten sie, sie wollten mich umbringen, dann, sie wollten mir die Finger abhacken, wenn Großpapa das Lösegeld nicht zahle!«

»Du hättest dir denken können, daß ich dich lang vorher retten würde«, sagte der Marquis.

»Miß Walford glaubte, du würdest unsere Gebete hören, die wie weiße Tauben zu dir flogen«, antwortete Bettine. »Sie war sehr tapfer, tapferer als ich!«

»Das ist nicht wahr«, fiel Nolita ein. »Bettine war außerordentlich tapfer. Sie können sehr, sehr stolz auf sie sein, Mylord.«

»Ich bin stolz auf euch beide«, erklärte der Marquis. »Aber so etwas darf nie wieder passieren.«

»Nein, natürlich nicht!« rief Nolita. »Wer hätte aber auch gedacht –«

»Ich hätte es voraussehen müssen«, unterbrach der Marquis sie. »Schon die ganze Zeit, die ich eurem Wagen gefolgt bin, machte ich mir Vorwürfe.«

»Du bist dem Wagen gefolgt?« fragte Bettine. »Aber wie, Papa?«

»Ich werde euch alles ganz genau erzählen«, versprach der

Marquis, »aber sicher habt ihr Hunger, da ihr keine Zeit mehr hattet, die unappetitliche Mahlzeit zu verzehren, die ich auf dem Tisch in diesem Dachzimmer gesehen habe. Sollen wir mit meiner Geschichte nicht lieber warten, bis wir zu Hause sind?«

»Ja, natürlich«, rief Bettine. »Ich bin nur schrecklich neugierig.«

Neugierig war Nolita auch, aber sie mußten beide warten, bis sie Sarle-House erreicht, sich gewaschen und so gut es ging hergerichtet hatten. In einem großen, schönen Salon trafen sie wieder mit dem Marquis zusammen.

Er bestand darauf, daß Nolita ein Glas Champagner trank.

»Es wird Ihnen helfen, den Schock zu überwinden«, drängte er. »Außerdem finde ich, wir alle haben einen Grund zum Feiern.«

»Darf ich auch etwas haben?« bat Bettine.

Der Marquis erlaubte ihr, einen Schluck aus seinem Glas zu nehmen. Aber es schien ihr nicht sonderlich zu schmecken, denn sie erklärte, daß sie Limonade bei weitem vorzöge.

Der Marquis sah auf seine Uhr.

»Ich weiß nicht, was wir zu essen bekommen werden, schließlich hat uns die Dienerschaft nicht erwartet. Da ich mir vorstellen kann, wie hungrig ihr seid und es jetzt schon zwei Uhr vorbei ist, habe ich um irgend etwas gebeten, das schnell geht.«

Gleich darauf meldete der Butler, daß das Essen aufgetragen sei. Sie gingen in ein ovales Speisezimmer, das in angenehmen Grüntönen gestaltet war.

Alles, was sie aßen, schmeckte köstlich, aber sie konzentrierten sich so auf die Erzählung des Marquis, daß sie an nichts anderes denken konnten.

»Ich war im Stallhof und wollte gerade auf Herkules steigen«, begann der Marquis, »als Dragonfly wie ein Sturmwind angebraust kam.«

Während er berichtete, sah Nolita alles beinahe vor sich, so lebendig schilderte er, was sich abgespielt hatte.

»Er hat sie abgeworfen, Mylord! Dragonfly hat Miß Walford abgeworfen!« keuchte Sam.

Das große Pferd kam vor seiner Box zum Stehen.

»Ich hätte ihr nicht erlauben sollen, ihn zu reiten«, murmelte der Marquis.

Gerade kehrten zwei Reitknechte auf Pferden, die sie bewegt hatten, zurück. Einen bösen Unfall fürchtend, befahl der Marquis ihnen knapp, ihm zu folgen.

»Sam, sagen Sie im Haus Bescheid, daß wir vielleicht den Arzt brauchen«, rief er im Wegreiten über die Schulter zurück.

Er war sicher, daß Bettine und Nolita ihren üblichen Weg durch den Park auf das ebene Feld, wo sie galoppieren konnten, genommen hatten und dann durch den Wald zu der beinahe fertiggestellten Rennbahn geritten waren.

Herkules war frisch, und es war nicht nötig, ihn zur Eile anzutreiben. Er spürte die Unruhe des Marquis und lief so schnell, daß die Reitknechte Mühe hatten, ihn auch nur im Auge zu behalten.

Der Marquis erreichte den Wald, verlangsamte das Tempo auf dem Reitweg ein wenig und wäre direkt zur Rennbahn weitergeritten, wenn er nicht Nolitas Reitpeitsche auf dem Boden liegen gesehen hätte. Sie war ihr entfallen, als die Entführer sie aus dem Sattel zerrten.

Der Marquis hielt Herkules an und betrachtete den Boden genauer. Er war nicht nur von zwei Pferden zerstampft, sondern von mehreren.

Das fand er zunächst sehr merkwürdig.

Dann erkannte er an deutlichen Spuren, wo Dragonfly kehrtgemacht hatte und auf dem Reitweg zurückgaloppiert war. Die Hufabdrücke der anderen Pferde führten ein Stück weiter.

Er folgte ihnen, und am Ende des Waldes, auf dem Feldweg, sah er die Abdrücke von Rädern und die Hufspuren von vier weiteren Pferden.

Obwohl es ihn schier unglaublich dünkte, kam ihm der Verdacht, was tatsächlich geschehen war. Dann sah er neben dem Feldweg etwas im dichten Gras liegen.

Einer der Reitknechte kam heran.

»Jim, steigen Sie ab und sehen Sie nach, was da auf dem Boden liegt.«

Der Marquis wies ihm die Stelle mit dem Finger.

Der Reitknecht hob etwas auf und reichte es ihm. Es war einer von Bettines Reithandschuhen.

Jetzt wußte der Marquis Bescheid. Er rechnete schnell nach und kam zu der Feststellung, daß der Wagen nicht mehr als fünfzehn Minuten Vorsprung haben konnte.

Er gab Jim Anweisungen, quer durchs Gelände zu dem Ort zu reiten, wo die berittene Garde von Buckinghamshire Manöver abhielt, wie er wußte.

Jim sollte dem Colonel berichten, was geschehen war, und ihn bitten, ein Dutzend Soldaten unter dem Befehl eines Offiziers nach London zu schicken, wo sie vor dem Sarle-House in der Park Lane auf ihn warten sollten.

Dem anderen Reitknecht befahl er, ihm nach London zu folgen und sich, sollte sein Pferd mit Herkules nicht Schritt halten können, gleich zum Polizeirevier am Piccadilly Circus zu begeben. Dort solle er eine Anzahl von Polizisten anfordern, die ebenfalls vor dem Sarle-House auf seine Instruktionen zu warten hätten.

Die Reitknechte begriffen, was sie zu tun hatten, und der Marquis trieb Herkules zu einer Geschwindigkeit an, die er noch nie zuvor erreicht hatte.

Es gab auf den ersten zwanzig Meilen nur eine gute Straße von Sarle-Park nach London, und er vertraute darauf, daß die Entführer Bettines sie genommen hatten.

Um sich jedoch zu vergewissern, daß sie nicht in die andere Richtung entkamen, hielt er im ersten Dorf an und verwandte ein paar kostbare Minuten auf Fragen, ob jemand vor kurzem einen von vier Pferden gezogenen Wagen die Hauptstraße habe hinunterfahren sehen.

Da es Sommer war, saßen die meisten älteren Männer, die nicht arbeiteten, vor der Dorfschenke, und es war unvermeidlich, daß sie alles, was für das Dorf außergewöhnlich war, mit Neugier beobachteten.

Ja, es war ein Wagen durchgefahren, und sie hatten es merkwürdig gefunden, daß an einem so heißen Tag die Fensterblenden zugezogen waren und daß die Vorreiter keine Livree getragen hatten. Es waren vier gewesen, die sich dicht neben dem Wagen gehalten hatten.

Sie hatten in ihrem weichen Buckinghamshire-Dialekt kaum zu Ende gesprochen, als eine goldene Guinee durch die Luft geflogen kam, die der Flinkste von ihnen auffing. Er wollte sich dafür bedanken, aber der Marquis war schon weitergeritten.

Sie kamen an eine Stelle, wo die Straße steil anstieg und die Wagenpferde gezwungen gewesen waren, langsamer zu werden. Herkules schwitzte, und der Marquis rang nach Atem. Aber er sah vor sich, was er suchte.

Es war nicht zu verkennen: Die vier Vorreiter hielten sich dichter an den Wagen, den sie begleiteten, als es üblich war, und sie alle ritten mit den langen Steigbügeln, die Nolita, wie der Marquis sich jetzt erinnerte, an dem Eindringling auf seinem Grund und Boden bemerkt hatte.

»Sie hatten recht«, sagte der Marquis jetzt am Eßtisch, »es waren Amerikaner, und mit nur einer Spur von Verstand im Kopf hätte ich in ihnen gleich eine Gefahr für Bettine vermuten müssen.«

»Wie konnten Sie damit rechnen, daß so schreckliche Dinge bei uns in England geschehen?« fragte Nolita.

»Unglücklicherweise wird von dem Vermögen des Großvaters von Bettine auf beiden Seiten des Atlantik gesprochen«, erklärte der Marquis trocken.

»Vielleicht sollte ich bekanntgeben, daß ich von Großpapas Geld nichts haben will«, meinte Bettine. »Dann würde so etwas nie wieder passieren.«

»Es wird nie wieder passieren, wenn ich es verhindern kann.« Und energisch fügte der Marquis hinzu: »Jetzt verstehst du, warum ich dir nie erlaubt habe, einen Besuch in Amerika zu machen.«

Sein Verbot wurde durch die Entführung nachträglich gerechtfertigt, dachte Nolita. Dann fiel ihr ein, daß seine Frau bei der Überquerung des Atlantik ums Leben gekommen war, und sie konnte ihm nachfühlen, daß ihn beides zusammen mit Angst um sein einziges Kind erfüllte.

»Du bist sehr, sehr klug, Papa, weil du mich gefunden hast.

Aber Dragonfly würde Miß Walford niemals abwerfen, denn er liebt sie.«

»Mir kam es auch merkwürdig vor«, räumte der Marquis mit einem Lächeln ein. »Und jetzt, falls ihr nicht zu müde zum Fahren seid, kehren wir wohl besser aufs Land zurück. Je eher desto besser.«

»Sam macht sich sicher Sorgen um uns«, sagte Bettine.

Nolita lächelte.

Noch vor kurzer Zeit hätte sich Bettine keine Gedanken über die Gefühle anderer Leute gemacht. Ob der Marquis die Veränderung bemerkt hatte?

Er hatte.

»Wenn wir Sam *und* Großmama nicht beunruhigen wollen«, sagte er, »sollten wir sofort aufbrechen.«

Nolita hatte ein bißchen Angst, Bettine werde sich unhöflich über ihre Großmutter äußern. Doch statt dessen stand sie vom Tisch auf und legte ihre Hand in die ihres Vaters.

»Ich bin sehr froh, daß du mich gerettet hast, Papa, und das Essen war sehr viel besser als das Zeug, das uns diese bösen Männer brachten.«

»Ich vermute, diese bösen Männer, wie du sie nennst«, antwortete der Marquis, »werden ihr Essen für die nächsten zehn oder fünfzehn Jahre alles andere als appetitanregend finden.«

»Wird man sie zu einer so langen Freiheitsstrafe verurteilen?« fragte Nolita.

»Wenn ich dabei etwas zu sagen hätte, bekämen sie lebenslänglich«, sagte der Marquis wild.

Nolita hatte das Gefühl, daß ihm bewußt war, welche Angst sie ausgestanden hatte und wie froh sie gewesen war, als er aufgetaucht war.

Er ist so klug und so stark, daß ich mir gleich hätte sagen sollen, er werde uns finden, dachte sie.

In seinen Augen lag ein Ausdruck, der sie verwirrte. Das Blut stieg ihr ins Gesicht.

Der Marquis hatte nicht erwähnt, wie man nach Hause fahren würde, aber als sie zum Aufbruch bereit waren, sah Nolita, daß eine offene Kutsche vor der Haustür wartete, bespannt mit Pferden, die sie in Sarle-Park nie gesehen hatte.

Es waren vier perfekt zueinander passende Füchse, und Nolita stieß bei ihrem Anblick einen Ruf der Bewunderung aus.

Der Marquis sagte leise: »Ich habe mir gedacht, daß sie *Ihnen* gefallen würden.«

Die Betonung des Wortes »Ihnen« ließ sie von neuem erröten.

Der Marquis stieg in die Kutsche und nahm die Zügel an sich. Nolita wartete darauf, daß Bettine sich neben ihren Vater setze, aber das Kind sagte: »Ich möchte außen sitzen, damit ich die Räder sehen kann.«

Nolita wollte protestieren; der Marquis lächelte jedoch und sagte: »Lassen Sie nur.«

Also nahm Nolita neben dem Marquis Platz, und Bettine setzte sich auf ihre andere Seite.

Sie fuhren los.

»Hoffentlich sehen uns nicht zu viele Leute«, sagte Nolita. »Sie werden es vermutlich sehr seltsam finden, daß weder Bettine noch ich etwas auf dem Kopf haben.«

Der Marquis drehte sich kurz um, sah die Sonnenstrahlen golden auf Nolitas Haar schimmern und sagte leise: »Sie sehen sehr hübsch aus.«

Sie war so erstaunt, daß sie sich fragte, ob sie richtig gehört habe. Dann stieg ihr eine unbekannte Wärme von der Brust in die Kehle hoch, und sie wußte, daß sie ihn liebte.

Die Fahrt zurück nach Sarle-Park dauerte zwei Stunden. Nolita, die sich nur des Mannes an ihrer Seite und des merkwürdigen Tumultes in ihrem Inneren bewußt war, kam es vor, als reise sie auf Flügeln der Ekstase.

Sie hatte sich nicht vorstellen können, daß sie einmal etwas so Seltsames, so Wundervolles für einen Mann empfinden und daß es ausgerechnet der Marquis sein würde. Es war zu unglaublich, als daß sie das Warum und Wieso hätte erklären können. Sie wußte nur, daß ihre Liebe die berauschendste Freude war, die es je gegeben hatte.

Die Sonne schien golden, das Geräusch der Räder klang ihr wie die süßeste Musik in den Ohren, und der Marquis war

Apollo, der seinen Wagen über den Himmel lenkte, um mit seinem göttlichen Licht alles hinwegzufegen, was dunkel und häßlich war.

Ich liebe ihn! dachte Nolita und war sich bewußt, wie gut er aussah und wie großartig er fuhr.

So absurd es scheinen mochte, sie hätte nie einen Mann lieben können, der nicht mit dem Pferd, das er ritt, verschmolz und die Pferde, die er lenkte, nicht unter vollständiger Kontrolle hatte.

Sie blickte auf seine Hände, die die Zügel hielten, und dachte daran, wie sie eine davon in ihren Händen gehalten und welches Gefühl ihr das gegeben hatte.

»Sie sind sehr still«, bemerkte der Marquis.

Sie hatten die Häuser und den Verkehr Londons hinter sich gelassen und das offene Land erreicht.

Nolita lächelte zur Antwort nur schüchtern, denn sie fürchtete, sich zu verraten.

Schließlich bogen sie in die Zufahrt ein, und Sarle-Park sah so schön aus, daß ihr war, als komme sie nach Hause. Gleich schalt sie sich, ein solches Gefühl sei unverschämt – und doch ließ es sich nicht unterdrücken.

Das Schimmern des Sees, die im Wind wehende Fahne des Hauses, die über dem grünen Rasen flatternden weißen Tauben, all das war Teil ihres Herzens, da half kein Leugnen.

Der Marquis fuhr am Haupteingang vor, und Bettine rief: »Wir sind zu Hause, und wir sind gesund und munter! Ist Papa nicht tüchtig, Miß Walford, daß er uns zurückgebracht hat, wo wir doch immer noch auf diesem schrecklichen Dachboden sein könnten?«

»Sehr ... tüchtig«, stimmte Nolita zu.

Sie fühlte sich verzweifelt gehemmt, denn der Marquis hörte nicht nur genau zu, er sah sie dabei auch noch an.

Sie stiegen aus. Bettine flog die Stufen hinauf, um dem Butler, der an der offenen Tür auf sie wartete, zuzurufen: »Mir ist nichts passiert, und ich bin wieder da! Sagen Sie, daß Sie sich freuen, mich zu sehen!«

»In der Tat, Euer Ladyschaft, wir freuen uns sehr, und wir

haben uns große Sorgen um Sie gemacht.«

»Ich bin entführt worden, und Großpapa sollte eine Million Dollar für mich zahlen!« rief Bettine.

Diese Geschichte wiederholte sie jedem, dem sie begegnete, Mrs. Flower, der vor Mitleid die Tränen kamen, den Hausmädchen, dem Lakai, der im Unterrichtszimmer bediente, und schließlich bestand sie darauf, daß Nolita mit ihr in den Stall ging, damit sie es Sam berichten konnte.

»Ich dachte, Dragonfly hätte Sie abgeworfen, Miß«, sagte Sam zu Nolita.

»Ich fürchtete, Sie würden das denken«, antwortete sie, »aber in Wirklichkeit hat er uns gerettet. Wäre er nicht geradewegs nach Hause gelaufen, hätte Seine Lordschaft den Wagen nicht mehr einholen können, in dem Ihre Ladyschaft nach London gebracht wurde.«

»Das ist eine schreckliche Geschichte«, meinte Sam, »aber in Zukunft wird jeder hier besser auf Ihre Ladyschaft achtgeben – darauf können Sie sich verlassen.«

»Das weiß ich«, versicherte Nolita ihm.

Es war ein so aufregender und anstrengender Tag gewesen, daß Bettine viel früher als üblich bereit war, ins Bett zu gehen.

Das Mädchen half ihr im Bad, dann setzte sich Nolita zu ihr, während sie im Unterrichtszimmer ihr Abendbrot verzehrte.

»Eins dürfen wir beide heute abend nicht vergessen«, sagte Nolita.

»Was denn?« fragte Bettine.

»Wir müssen ein besonderes Dankgebet dafür sagen, daß wir wieder zu Hause sind und nicht auf dem Dachboden schlafen.«

»Ich bin sehr, sehr dankbar«, beteuerte Bettine. »Glauben Sie, Nanny weiß, daß ich in Sicherheit bin?«

»Davon bin ich überzeugt, und vielleicht hat auch sie mitgeholfen, uns zu retten.«

Bettine lächelte.

»Es ist schön zu denken, daß es Leute wie Nanny und Ihre Eltern gibt, die sehen können, was geschieht, und uns helfen, wenn wir in Schwierigkeiten kommen.«

Sie sagte das ganz natürlich, und Nolita erwiderte: »Du solltest nie vergessen, daß sie da sind und dir helfen wollen.«

»Anfangs habe ich nicht geglaubt, was Sie mir über Nanny sagten«, gestand Bettine, »aber jetzt glaube ich es.«

Nolita fühlte Tränen in ihren Augen brennen und sagte sich, das sei nur ihre Müdigkeit.

Doch sie wußte, wenn sie die Nacht mit den Entführern hätten verbringen müssen, hätte sie sich aus einem ganz anderen Grund als Bettine gefürchtet.

Ich danke euch, sagte sie in ihrem Herzen. Ebenso wie Bettine Dankbarkeit für ihre Nanny empfand, war sie ihrem Vater und ihrer Mutter dankbar.

Bettine gähnte, und sobald sie im Bett lag und Nolita ihr einen Gutenachtkuß gegeben hatte, war sie auch schon eingeschlafen.

Nolita war ebenfalls müde. Da sie spät zu Mittag gegessen hatte, hatte sie beim Diener zum Abendessen nur ein Omelett bestellt, das aber eine halbe Stunde früher als gewöhnlich serviert werden sollte.

Als sie gegessen hatte, nahm sie ihr Bad, zog sich aus und ging im Morgenrock in Bettines Zimmer, um sich zu überzeugen, daß es dem Kind gut ging.

Bettine schlief fest. Nolita zog ihr die Decke ans Kinn und kehrte ins Unterrichtszimmer zurück.

Sie wollte gerade ihr eigenes Zimmer aufsuchen, als sie ein paar Bücher sah, die mit der Post aus London gekommen waren.

Sie hatte den Marquis beim Wort genommen, daß sie alles bestellen dürfe, was sie benötige, und hatte von Murray's Bibliothek Bücher erbeten, von denen sie glaubte, daß sie Bettine interessieren würden.

Sie hatten über Indien gesprochen, und Nolita hatte in der Zeitung gelesen, daß über dieses Land ein neues Buch mit zum Teil farbigen Illustrationen erschienen war.

Diese Art Lektüre hatte sie immer schon gefesselt. Sie öffnete daher das Buch, und dann konnte sie es einfach nicht wieder hinlegen.

Eine Stunde später las sie immer noch und wendete voller Entzücken die Seiten mit den herrlichen Illustrationen um. Ganz bestimmt würde Bettine ebensoviel Freude an dem Buch haben wie sie selbst. Wie gern hätte sie über die abgebildeten Kastenangehörigen mit ihrem Vater diskutiert!

Ich muß ins Bett, dachte sie.

Gerade blätterte sie noch einmal um, als sich die Tür des Unterrichtszimmers öffnete. Überrascht blickte sie hoch.

Dann nahm ihr Gesicht den Ausdruck des Entsetzens an, denn es war nicht, wie sie geglaubt hatte, Mrs. Flower, die ihr einen Besuch machen wollte, sondern Esmond Farquahar!

Er betrat den Raum mit seinem üblichen stolzierenden Gang. Er war im Abendanzug und rauchte eine lange Zigarre.

»Ich wollte mich nur überzeugen, ob es Ihnen nach Ihrem dramatischen Erlebnis gut geht, hübsche kleine Dame«, sagte er.

»Mir geht es ausgezeichnet, danke«, antwortete Nolita kalt. »Und jetzt gehen Sie bitte.«

»Falls Sie sich Sorgen wegen Ihrer äußeren Erscheinung machen«, grinste er, »kann ich Ihnen versichern, daß ich Sie höchst verführerisch finde. Ich hätte nicht gedacht, daß Ihr Haar so lang ist.«

»Bitte gehen Sie!«

Nolita überlegte, ob sie an ihm vorbei zur Tür gelangen könnte. Unglücklicherweise mußte sie dazu das ganze Zimmer durchqueren, und der Gedanke, er könne sie, um ihre Flucht zu verhindern, berühren, verängstigte sie.

Als sei ihm der gleiche Gedanke gekommen, warf er seine Zigarre in eine kleine Schale, die auf einem Tisch stand.

»Sie sind schön!« erklärte er. »Sie werden von Mal zu Mal schöner, und ich sehe Sie bei weitem nicht oft genug!«

»Wenn Sie nicht auf der Stelle gehen«, drohte Nolita, »rufe ich um Hilfe.«

»Ich bezweifle, daß Sie jemand hören würde«, gab Esmond Farquahar zurück, »und falls doch, wie würde man das wohl auslegen?«

Nolita schwieg. Sie stand da und drückte das Buch, in dem sie gelesen hatte, an ihre Brust, als sei es ein Schutzschild.

»Man würde sagen, meine Liebe, daß die hübsche Gouvernante im Nachtgewand Besuch empfängt, und welches Licht würde das auf Sie werfen?«

Er verhöhnte sie, und Nolita hatte nicht die leiseste Idee, was sie dagegen tun könnte.

Jetzt näherte er sich ihr. Er kam ihr vor wie ein Tier, das seine Beute anschleicht und vor dem es kein Entrinnen gibt.

Sie war unfähig, sich zu rühren, und es kostete sie Mühe, ihre Stimmbänder zum Gehorsam zu zwingen.

»Lassen ... Sie ... mich ... in Ruhe ...«, keuchte sie.

Das Lächeln auf seinen Lippen verriet ihr, daß er ihre Hilflosigkeit genoß. Versuchte sie wegzulaufen, konnte er sie mühelos fangen und festhalten.

»B-Bitte ...«, flehte sie verzweifelt.

Gerade als Esmond Farquahar die Arme nach ihr ausstreckte, öffnete sich die Tür.

Alles, was Nolita denken konnte, war, daß sie gerettet war, im letzten Augenblick gerettet!

Dann sah sie, daß auf der Schwelle nicht, wie sie gehofft hatte, der Marquis stand, sondern die Marquise!

7. Kapitel

Nolita konnte die Marquise nur anstarren, die in ihrem Negligé aus Spitzen über gemustertem Satin mit Samtschleifchen aussah, als sei sie einem Bild aus der Zeit Königin Elisabeth I. entstiegen.

Ihre geschminkten Augen nahmen jede Einzelheit der Szene, die sich im Unterrichtszimmer abspielte, wahr. Esmond Farquahar unternahm sofort den Versuch, sich herauszureden.

»Ich wollte nur nachfragen, ob es Bettine nach ihrem unangenehmen Abenteuer gut geht«, sagte er. Dabei ging er auf die Marquise zu.

Sie achtete jedoch nicht auf ihn. Sie sah Nolita an, und der Zorn in ihrem Gesicht war nicht zu verkennen.

»Ich glaube, Miß Walford«, erklärte sie eisig, »jemand muß Ihnen einmal sagen, wie kläglich Sie bei Ihren Pflichten gegenüber meiner Enkelin versagt haben. Hätten Sie sich richtig um sie gekümmert, wären Sie nicht ohne Reitknecht ausgeritten, und deshalb halte ich Sie ganz allein für schuldig an dem, was geschehen ist.«

Sie wartete keine Entschuldigung Nolitas ab, sondern fuhr fort: »Auch kann die Tatsache, daß Sie, gekleidet wie Sie sind, Besucher im Unterrichtszimmer empfangen, kaum ignoriert oder übersehen werden.«

Nolita versuchte zu sprechen, aber die Marquise ließ es gar nicht erst dazu kommen.

»Deshalb werden Sie morgen so früh wie möglich Sarle-Park verlassen.« Und in verächtlichem Ton endete sie: »Da Sie zweifellos nicht genug Geld haben, um die Fahrt nach London zu bezahlen, muß ich es Ihnen wohl geben, dazu Ihren Lohn, den Sie im Grunde nicht verdient haben.«

Die Marquise trat näher an den Tisch heran und warf einen Umschlag darauf. Sie gönnte Nolita keinen weiteren Blick mehr, drehte sich um und ging zur Tür. Im Vorbeigehen sagte sie zu Mr. Farquahar: »Komm mit, Esmond!«

Wie ein gehorsamer Hund folgte er ihr, ohne zurückzublicken. Nolita schrie leise auf und trat einen Schritt vor, als wolle sie die beiden zurückhalten.

Sie wollte es erklären, sie wollte protestieren, der Marquise auseinandersetzen, daß Mr. Farquahar nicht auf ihre Einladung hin ins Unterrichtszimmer gekommen war.

Dann sah sie ein, daß sie sagen mochte, was sie wollte, die Marquise würde ihr nicht zuhören. Der Versuch, eine Frau zu besänftigen, die sie vom ersten Augenblick an nicht hatte leiden können, war von vornherein zum Scheitern verurteilt.

Die bloße Tatsache, daß die Marquise das Geld mit nach oben gebracht hatte, bewies, daß sie gewußt hatte, wohin Mr. Farquahar gegangen war, und die Gelegenheit ergriffen hatte, Nolita zu entlassen.

Es gibt nichts, was ich sagen ... und nichts, was ich tun könnte, außer ... zu gehen, sagte sie sich.

In diesem Augenblick wurde es ihr mit aller Macht bewußt, daß sie nicht weggehen wollte.

Sie wollte bleiben, nicht nur, weil sie Bettine liebte, sondern auch wegen ihrer Gefühle für den Marquis.

Wie kann ich abreisen, fragte sie sich, wenn sich alles gewandelt hat? Wenn Bettine in jeder Beziehung anders geworden ist und der Marquis ... mir vertraut?

Sie grübelte, ob das das ganze Ausmaß seiner Gefühle sei, und kam vezweifelt zu dem Schluß, daß mehr wirklich nicht dahinterstecke.

Er war freundlich gewesen, noch bevor seine Tochter entführt worden war, und heute hatte er ihr seine Hand entgegengestreckt.

Als sie sie berührte, hatte ihr Herz ihr gesagt, was sie für ihn empfand, aber von ihm war es natürlich nur eine aufmunternde Geste einem Mädchen gegenüber gewesen, das ein schreckliches Erlebnis hinter sich hatte.

Ich ... liebe ihn, dachte Nolita verzweifelt.

Sobald sie Sarle-Park einmal verlassen hatte, würde sie ihn nie wiedersehen.

Sie ging in ihr Schlafzimmer und dachte daran, wie sie das große Haus bei ihrer Ankunft gehaßt und wie sie sich gewünscht hatte, es zu verlassen.

Jetzt befand sich alles hier, was sie liebte, ausgenommen Eros.

Der Gedanke an ihr Pferd machte ihr klar, daß sie nach Hause zurückkehren mußte. Ganz gleich, was ihre Tante Katherine sagen mochte, sie würde darum kämpfen, daß sie bleiben durfte, wo sie hingehörte.

Und trotzdem, sie würde ihr Herz hier zurücklassen.

Die Tränen traten ihr in die Augen, doch sie kämpfte mit aller Kraft gegen das Weinen an.

Statt dessen nahm sie einen ihrer kleineren Koffer aus dem großen Schrank auf dem Treppenabsatz, wo alle ihre Gepäckstücke verstaut worden waren. Sie legte die notwendigsten Gegenstände und zwei ihrer einfachsten Kleider hinein.

Morgen, wenn sie fort war, so überlegte sie, konnten die Hausmädchen ihre Besitztümer packen. Später würde sie Mrs. Flower schreiben und sie bitten, ihr alles mit einem Wagen nachzuschicken.

Im Augenblick konnte sie nur der Marquise gehorchen und gehen, sobald es Tag wurde.

Der wirkliche Grund, warum sie sich auf eine so schnelle Abreise vorbereitete, war ihr sehr wohl bewußt: Sie ertrug es nicht, Bettine und dem Marquis Lebewohl zu sagen.

Das Kind würde sich natürlich sehr aufregen und vielleicht eine Szene machen, und Nolita fühlte sich nicht in der Lage, das mitanzusehen.

Es war schlimm genug, sich vorzustellen, daß sich ihr Einfluß verflüchtigen und das Kind so aggressiv und widerspenstig werden würde wie zuvor.

Noch schlimmer war es, gefühlsmäßig beteiligt zu sein. Ebenso wie sie Bettine, würde das kleine Mädchen ihr schrecklich fehlen.

Aber wenn sie ehrlich sein sollte, mußte sie sich eingestehen, daß ihr auch der Gedanke unerträglich war, den Marquis nie mehr zu sehen, nie mehr seine Stimme zu hören oder seine Hand zu berühren.

Ein kleiner Schauer durchlief sie, als sie sich nicht nur an die Art, wie er ihr die Hand hingestreckt hatte, sondern auch an den Ausdruck in seinen Augen erinnerte.

Unter diesen Umständen hätte er sich gegen jeden Beliebigen so verhalten, versuchte sie sich einzureden.

Doch in jenem Augenblick hatte ihr ganzes Ich vibriert vor Freude – daß er gekommen war, daß sie gerettet waren und daß er sie anlächelte.

Ich ... liebe ihn, dachte sie und wußte, daß nichts, was sie sagen oder denken würde, daran etwas ändern konnte.

Sie legte die letzten Dinge, die sie brauchen würde, in den Koffer und ging zu Bett.

Sie war müde, aber sie konnte nicht schlafen. Unglücklich und angespannt wartete sie auf die Morgendämmerung, und als sie kam, stand sie auf und zog die Vorhänge zurück.

Nebel lag auf dem See. Der erste Lichtschimmer der aufgehenden Sonne fegte die Dunkelheit des Himmels hinweg. Die Sterne verblaßten.

Es war so schön, und Nolita wußte, daß es sich ihrem Geist und ihrem Herzen für immer eingeprägt hatte, so daß sie es nie mehr vergessen konnte.

Sie zog sich an und bewegte sich sehr leise, denn sie wollte Bettine nicht wecken. Dann ging sie ins Unterrichtszimmer, holte den Umschlag, den die Marquise auf den Tisch geworfen hatte, und ließ einen Brief für Bettine zurück.

Ihr Stolz ließ sie wünschen, sie hätte den Umschlag der Marquise liegen lassen können, wo er war, aber es fehlte ihr nicht nur an Geld, um nach Hause zu reisen, es würde den Johnsons auch schwerfallen, sie von den zwei Pfund, die alles waren, wovon sie lebten, mit durchzufüttern.

Sie trug ihren Koffer an die Treppe und ging zum Küchentrakt hinunter.

Es war fast fünf Uhr. Die unteren Chargen des Personals würden schon wach sein und eine Tasse Tee trinken, bevor sie Schlag fünf mit der Arbeit im Hause begannen.

Nolita betrat den Anrichteraum und fand dort zwei junge

Diener vor, die noch in Hemdsärmeln waren.

Sie blickten sie erstaunt an. Nolita bat einen von ihnen, in den Stall zu gehen und einen Wagen für sie zu bestellen, der sie an die Kreuzung bringen sollte, wo die Postkutsche auf dem Weg nach London hielt. Den anderen Diener schickte sie nach oben, ihren Koffer zu holen.

Es ging leichter, als sie erwartet hatte. Wäre sie einem der älteren Angestellten begegnet, hätten diese sie unter Umständen gefragt, was sie vorhabe.

Ein offener Landauer, den für gewöhnlich die Dienstboten zu Fahrten in die nächste Stadt benutzten, fuhr an der Hintertür vor und rollte mit Nolita davon.

Sie hatten den Meilenstein erreicht, an dem die Passagiere abgesetzt oder aufgenommen wurden, als ihr Fahrer, ein älterer Mann, den Nolita bisher noch nicht gesehen hatte, fragte: »Reisen Sie nach London, Miß?«

Nolita bejahte.

»Dann würden Sie besser und schneller dorthinkommen, wenn sie den Zug nähmen.«

»Ich dachte, der Bahnhof liege ein paar Meilen entfernt.«

»Nicht mehr als drei, Miß, und es geht ein Zug, der von Dover kommt, um Viertel nach sechs.«

»Wenn Sie dann so freundlich wären, mich ... hinzubringen ...« meinte Nolita zögernd.

»Das tue ich gern«, antwortete er und fuhr los.

Nolita war erst ein einziges Mal mit dem Zug gefahren, und so fühlte sie sich ängstlich und ziemlich nervös.

Aber es war einfacher, als sie gedacht hatte, und sie kam in London viel früher an als mit der Postkutsche.

Eine Droschke brachte sie zum Postgasthof in Islington, wo sie ohne Schwierigkeiten einen Platz in der Kutsche bekam, die täglich auf ihrem Weg nach St. Albans an ihrem Dorf vorbeikam.

Es war noch nicht Mittag, als Nolita die Zufahrt hinunterwanderte, gefolgt von einem Dorfjungen, der ihren Koffer trug.

Johnson hackte eins der Blumenbeete vor dem Haus, starrte sie erstaunt an und sagte dann in seiner bedächtigen Art: »Miß

Nolita! Wir hatten Sie nicht erwartet.«

»Ich weiß«, antwortete Nolita, »aber ich bin nach Hause gekommen, Johnson.«

Seine alten Augen forschten in ihrem Gesicht. Das Schwanken ihrer Stimme hatte ihm verraten, daß etwas schiefgelaufen war. Doch er meinte das Heilmittel für das Weh zu kennen, an dem sie zu leiden schien, und sagte:

»Eros wird sich freuen, Sie zu sehen, Miß Nolita!«

Für einen Augenblick verdrängte Nolitas Lächeln den unglücklichen Ausdruck in ihren Augen. Dann gab sie dem Jungen, der ihren Koffer getragen hatte, ein paar Pennys und lief, ohne noch mehr Zeit zu verschwenden, zum Stall.

Sie schlang die Arme um Eros' Hals, und die Tränen strömten ihr über die Wangen. Sie weinte um den Marquis und die Pferde, die so sehr Teil von ihm waren …

Es war ein Trost, daß Johnson und seine Frau sich so sehr freuten, sie zu sehen.

»Ohne Sie war es hier nicht dasselbe, Miß Nolita«, beteuerte Mrs. Johnson immer wieder und wieder. »Ich habe erst neulich zu Johnson gesagt, seit uns Miß Nolita verlassen hat, ist mir, als sei das Leben aus dem Haus verschwunden.«

Mit Erleichterung stellte Nolita fest, daß die guten Leute über sich selbst und nicht über sie und ihren letzten Aufenthaltsort reden wollten. Sie stellten keine Fragen.

Nolita sah sich, Eros im Gefolge, den Garten an und lobte Johnson für alles, was er getan hatte.

Dann ging sie zu dem Feld, das zu dem kleinen Bach hinunterführte.

»Was soll ich tun, Eros?« fragte sie das Pferd. »Was soll ich mit mir anfangen?«

Eros rieb seine Nase an ihrer Schulter, und sie sprach mit ihm. Denn verstand er nicht besser als irgend jemand sonst, was sie empfand und wie leer die Zukunft ohne Bettine und natürlich … den Marquis … sein würde?

»Vielleicht finde ich hier am Ort Arbeit«, sagte sie laut. »Mir macht es nichts aus, wenn ich Treppen scheuern muß, solange ich bei dir bleiben kann, denn du bist alles, was mir geblieben ist.«

Das hatte sie schon einmal zu Eros gesagt, als ihr Vater und ihre Mutter ums Leben gekommen waren. Jetzt hatte sie nicht nur ihre Eltern verloren, sondern noch zwei andere Menschen, die sie ebenso liebte.

Mrs. Johnson machte ihr zum Mittagessen einen Imbiß, und Nolita aß ihn auf, weil es unfreundlich gewesen wäre, ihn zu verschmähen. Doch sie war nicht wirklich hungrig, und obwohl sie sich einreden wollte, es sei wundervoll, wieder zu Hause und bei Eros zu sein, schleppte sich der Nachmittag nur langsam hin. Ihre Gedanken kehrten ständig nach Sarle-Park zurück, und sie fragte sich, was dort geschehen sein mochte.

Hatte sich Bettine sehr aufgeregt?

Sie hatte im Unterrichtszimmer einen Brief für das Kind zurückgelassen, aber da sie ihr den Grund für ihre Abreise nicht erklären konnte, war er sehr kurz ausgefallen.

Sie hatte nicht mehr geschrieben als:

Meine liebte Bettine,

ich muß nach Hause fahren. Bitte, sei brav und so tapfer, wie Du es gestern warst. Ich werde Dir jeden Tag kleine weiße Tauben des Gebets schicken.

In Liebe und Zuneigung
Deine Nolita Walford

Mehr wagte sie nicht zu sagen. Sie hoffte nur, die Marquise werde Bettine nicht erzählen, sie sei in Unehren entlassen worden, oder, ein noch schrecklicherer Gedanke, dem Kind mitteilen, Esmond Farquahar sei bei ihr im Unterrichtszimmer gewesen.

Bei diesem Gedanken sagte Nolita sich, daß sie sich keine unnötigen Sorgen machen dürfe.

Es war unwahrscheinlich, daß die Marquise etwas so Entwürdigendes über Mr. Farquahar sagen würde, obwohl sie gehässig genug sein mochte, es gegenüber dem Marquis zu erwähnen.

Was würde er denken?

Nolita dachte daran, wie er sie in der Bibliothek vor den

abscheulichen Annäherungsversuchen Esmond Farquahars gerettet hatte.

Jetzt würde seine Mutter die Tatsachen verdrehen, bis es so aussah, als habe sie, Nolita, den widerwärtigen Menschen dazu veranlaßt, sie zu besuchen.

Hundert Möglichkeiten drängten sich ihr auf, und die Wahrheit würde sie nie erfahren.

Ich muß mich mit irgend etwas beschäftigen, beschloß sie.

Kurze Zeit ritt sie auf Eros; es kümmerte sie dabei nicht, daß sie kein Reitkleid trug. So wie sie gekommen war – in ihrem Baumwollkleid –, war sie aufgesessen. Sie versuchte, die gleiche Freude und Erregung wie früher darüber zu empfinden, daß Eros sie stolz trug und jedem ihrer Befehle auf der Stelle gehorchte.

Aber auch mit Eros fühlte sie sich einsam. Immer wieder sagte sie sich, Eros sei alles, was ihr geblieben sei, er sei alles, was sie brauche, und es habe keinen Sinn, sich nach mehr zu sehnen.

Schließlich brachte sie ihn in den Stall. Es war fast sieben Uhr. Die Schatten der Bäume waren lang geworden, und die Sonne ging unter.

Ohne Eros war ihr noch jämmerlicher zumute. Langsam ging sie zum Haus zurück und hoffte, müde, wie sie nach der schlaflosen letzten Nacht war, sofort einschlafen zu können.

Sie betrat die kleine Halle durch die Eingangstür. Da hörte sie ein Pferd die Zufahrt heraufkommen.

Wer mochte das sein? Eine flüchtige Sekunde lang erwachte eine absurde und doch nicht zu unterdrückende Hoffnung in ihr.

Dann tauchte das Pferd hinter den Büschen an der Biegung, die die Zufahrt machte, auf. Nolita erkannte es auf den ersten Blick und ebenso die kleine Gestalt, die darauf saß.

Mit einem Aufschrei lief sie die Zufahrt hinunter, doch bevor sie Red Flag erreichte, sprang Bettine aus dem Sattel und rannte ihr entgegen.

Sie warf die Arme um Nolita und rief: »Ich habe Sie gefunden! Ich habe Sie gefunden! Ich hatte so Angst, so große Angst, es würde vorher dunkel werden!«

Sie küßte Nolita, und ihre harten Lippen auf Nolitas Wange

verrieten, daß sie immer noch Angst hatte.

»Ist ja alles gut«, beruhigte Nolita sie. »Du hast mich gefunden. Aber wie bist du gekommen? Du bist doch sicher nicht den ganzen Weg geritten?«

»Doch«, antwortete Bettine, »ganz allein, denn sonst hätten sie mich nicht fortgelassen.«

»W-Wie ... konntest du das tun?« keuchte Nolita.

Dann sah sie die Tränen auf den Wangen des Kindes und sagte: »Du mußt mir alles erzählen. Komm ins Haus. Für Red Flag ist Platz im Stall.«

»Er ist müde«, erklärte Bettine einfach. »Wir sind beide müde. Es war ein sehr langer Weg.«

»Ein sehr langer Weg«, pflichtete Nolita ihr bei, »und es ist fast unvorstellbar, wie du das geschafft hast.«

Einen Arm um Bettine gelegt, kehrte sie zum Haus zurück.

Johnson wollte gerade in den Stall gehen. Nolita rief ihn an und bat ihn, Red Flag in der Box neben Eros unterzubringen.

»Das Pferd ist sehr müde, Johnson. Es hat einen Ritt von Buckinghamshire hinter sich.«

»Das ist ein langer Weg, Miß«, stellte nun auch Johnson fest, nahm Red Flags Zügel und führte ihn zum Stall.

Nolita brachte Bettine ins Haus.

Das Kind sah staubig und unordentlich aus. Bevor sie Bettine irgendwelche Fragen stellte, ging sie mit ihr nach oben und half ihr aus dem Reitkleid.

»Du schläfst in meinem Zimmer«, sagte sie mit einem Lächeln, »und ich richte mir ein Bett im Zimmer nebenan her.«

Sie gab Bettine eins ihrer Nachthemden und half ihr hinein.

»Ich gehe jetzt nach unten und bitte Mrs. Johnson, dir ein paar Eier in die Pfanne zu schlagen. Hast du heute schon etwas zu essen bekommen?« fragte Nolita das Kind besorgt.

Bettine schüttelte den Kopf.

»Ich wagte es nicht, anzuhalten. Ich hatte solche Angst, jemand könne fragen, wer ich sei, und mich vielleicht wieder entführen.«

Nolita seufzte leise.

»Bettine, wie konntest du etwas so Törichtes tun und den

ganzen Weg allein reiten?«

»Mrs. Flower berichtete mir, Großmama habe Sie weggeschickt«, schluchzte Bettine, »und ich wollte Sie nicht verlieren ... ich wollte nicht!«

»Mein liebes Kind!« Nolita küßte Bettine.

Dann ging sie nach unten und bat Mrs. Johnson, Rührei zu machen.

Mit einem Glas Milch und einem Teller frischer Biskuits, die Mrs. Johnson zum Tee gebacken hatte, kehrte sie zurück.

»Ich habe diese Biskuits immer gern gegessen, seit ich so alt war wie du«, erzählte sie Bettine, »und sie werden den ärgsten Hunger stillen, bis dein Rührei fertig ist.«

Bettine nahm einen Schluck Milch. Dann fragte sie: »Wie konnten Sie weggehen und mich verlassen? Sie wissen, daß ich Sie bei mir haben möchte. Tatsache ist, daß ich ohne Sie nicht zu Hause bleiben werde.«

In ihrem Ton war eine leichte Andeutung von Aggressivität, und Nolita sagte: »Darüber reden wir morgen. Du bist jetzt müde. Sag mir doch, wie es dir gelungen ist, den Weg hierher zu finden. Das muß sehr schwierig gewesen sein.«

»War es auch«, gestand Bettine. »Aber als ich Ihren Brief gelesen hatte, fragte ich Mrs. Flower, warum Sie gegangen seien, und sie sagte mir, Großmama habe Sie weggeschickt.«

Nolita war überzeugt, diese Information war über die Zofe der Marquise dem ganzen übrigen Haushalt zugeflossen, aber sie erwiderte nichts darauf, und Bettine fuhr fort: »Ich zog mich an und suchte nach Papa, aber er war nach London gefahren, und da war mir klar, ich konnte nichts anderes tun, als zu Ihnen zu kommen.«

»Wie hast du es geschafft, daß man dich allein hat wegreiten lassen?«

Bettine lächelte.

»Das habe ich sehr schlau angefangen. Natürlich, wenn Sam oder sonstwer Verdacht geschöpft hätte, daß ich Ihnen folgen wollte, hätte man mich daran gehindert.«

»Und wieso hat niemand Verdacht geschöpft?«

»Ich sagte Sam, ich würde gern ausreiten, aber Sie hätten

zuviel zu tun, um mitzukommen. Sein Gesichtsausdruck verriet mir, daß er glaubte, ich wisse nichts von Ihrer Abreise.«

Nolita kam der Gedanke, daß Bettine viel pfiffiger sei, als die meisten Leute ihr zutrauten.

»Er sattelte Red Flag für mich«, erzählte Bettine weiter, »und ich ritt durch den Park, aber anstelle des Reitweges durch den Wald nahm ich einen anderen Weg, der zu einem Gatter führt.«

»Ja, ich weiß«, nickte Nolita.

»Ben war mitgekommen, und als er abstieg, um das Gatter zu öffnen, bat er mich, sein Pferd zu halten. Kaum hatte er das Gatter geöffnet, ritt ich mit Red Flag hindurch und gab Bens Pferd einen Schlag mit der Peitsche. Es galoppierte davon, und ich ritt so schnell ich konnte zur Straße.«

Sie bedachte Nolita mit einem Lächeln schelmischer Befriedigung.

»Ben rief mir nach, aber ich sah mich nicht um. Ich ritt und ritt und hielt nicht an, bis ich meilenweit von zu Hause entfernt war.«

»Und was hast du dann gemacht?« fragte Nolita.

»Ich hatte eine Seite aus dem Atlas gerissen, den ich studieren sollte, erinnern Sie sich? Sie hatten mir gezeigt, wo ich wohne und wo Sie wohnen, das hatte ich nicht vergessen.«

»Das war sehr klug von dir.«

»Ich hatte die Seite in meiner Tasche, und ich wußte, ich mußte mich von London fernhalten und die Richtung nach St. Albans einhalten.«

Wie gefährlich war es für das Kind gewesen, ganz allein durch ein unbekanntes Gebiet zu reiten! Nolita wollte es dem Kind klarmachen. Wollte ihm erklären, was passiert wäre, wenn sie gestürzt oder Red Flag irgend etwas zugestoßen wäre. Es hätte Wochen dauern können, bis man sie gefunden hätte.

Doch es war nicht geschehen, und es war sinnlos, jetzt darüber zu sprechen. Nolita sagte daher nur: »Kein Wunder, daß du müde bist. Du mußt beinahe zehn Stunden geritten sein!«

»Es kam mir wie eine sehr lange Zeit vor«, stimmte Bettine zu. »Ich habe zweimal haltgemacht, um Red Flag trinken zu lassen, einmal aus einem Bach und einmal aus einem Fluß.«

»Das war sehr aufmerksam von dir.«

Es klopfte an die Tür, und Mrs. Johnson trat mit einem Tablett ein.

»Leider ist nichts im Haus außer den Eiern, Miß Nolita«, entschuldigte sie sich.

»Ich nehme an, Ihre Ladyschaft ist so hungrig, daß sie ihr vorzüglich munden werden«, erwiderte Nolita.

»Ich liebe Rührei!« rief Bettine und setzte sich im Bett auf.

Mrs. Johnson hatte einen großen Teller Rührei gemacht. Dazu gab es Tomaten aus dem Garten und heißen Toast, und auf dem Tablett stand noch ein Topf mit Honig.

Bettine schien das sehr zuzusagen, denn sie aß alles auf.

»Jetzt fühle ich mich besser«, erklärte sie, als sie fertig war. »Ich hatte solche Angst, daß ich Sie nicht finden würde und nachts im Wald schlafen müßte. Red Flag hätte dann weglaufen können. Und ich hätte zu Fuß weitergehen müssen!«

»Es hat keinen Sinn, sich darüber jetzt noch Gedanken zu machen«, antwortete Nolita. »Du bist hier, du bist in Sicherheit, und Red Flag ist es auch.«

»Und kann ich bei Ihnen bleiben?« flehte Bettine sie an. »Sie werden mich nicht nach Hause schicken? Versprechen Sie mir das?«

»Du weißt, daß ich das nicht versprechen kann. Dein Vater wird sich große Sorgen um dich machen.«

Bettine faßte nach Nolitas Hand.

»Ich gehe nicht weg von Ihnen – das tue ich einfach nicht! Und wenn Sie mich nach Hause bringen, laufe ich wieder weg und komme hierher zurück!«

»Darüber reden wir morgen«, sagte Nolita noch einmal. »Ich möchte, daß du jetzt schläfst.«

»Erst, wenn Sie es mir versprochen haben.«

Bettine legte Nolita die Arme um den Hals.

»Ich liebe Sie!« rief sie. »Niemand ist jemals so lieb zu mir gewesen wie Sie. Ich will Sie nicht verlieren, was die anderen auch sagen mögen. Ich werde kämpfen und kämpfen, bis man mir am Ende erlaubt, bei Ihnen zu bleiben.«

Ihre Stimme klang beinahe hysterisch, und Nolita sagte rasch:

»Du darfst kein solches Theater machen, nachdem du so tapfer und so sehr, sehr klug gewesen bist und den Weg hierher ganz allein gefunden hast.«

Sie küßte Bettine.

»Ich will dir sagen, was wir tun«, sagte sie. »Morgen schreiben wir deinem Vater, teilen ihm mit, wo du bist, und bitten ihn zu kommen und mit uns zu reden. Vielleicht fällt ihm dann eine Möglichkeit ein, wie wir zusammenbleiben können, ohne deine Großmutter zu erzürnen.«

»Ich hasse Großmama!« rief Bettine. »Sie liebt mich nicht, sie liebt nur diesen gräßlichen Mr. Farquahar. Warum geht sie nicht weg? Dann könnten wir zu Hause ohne sie glücklich sein.«

Nolita konnte sich des Gedankens nicht erwehren, daß das wirklich eine gute Idee sei, aber aussprechen durfte sie es nicht.

Statt dessen küßte sie Bettine noch einmal und sagte: »Schlaf jetzt, Liebling. Morgen haben wir eine Menge Zeit, um Pläne zu schmieden. Und was wichtiger als alles andere ist, du wirst morgen Eros kennenlernen. Sicher erzählt ihm Red Flag gerade, was für einen langen Tag du gehabt hast.«

Bettines Arme lockerten sich ein bißchen.

»Glauben Sie wirklich, daß sie miteinander reden können?«

»Natürlich können sie das«, antwortete Nolita. »Wenn wir sie verstehen würden, hörten wir bestimmt Red Flag prahlen, er ganz allein habe dich dank seiner Klugheit hierhergebracht.«

Bettine mußte lachen.

»Und was wird Eros darauf sagen?«

»Er wird etwas neidisch sein, bis ihm einfällt, daß er dir seine Tricks zeigen kann, zum Beispiel das Tanzen auf den Hinterbeinen. Dann wird Red Flag neidisch auf ihn sein.«

Diese Vorstellung fesselte Bettine.

»Das möchte ich sehen.«

»Dann schlaf schnell ein«, riet Nolita, »und ehe du dich versiehst, ist es morgen.«

Sie drückte das Kind in die Kissen zurück. Bettines Augenlider fielen fast von allein zu. Erschöpft, wie sie war, schlief sie sofort ein.

»Ich liebe Ihr kleines Haus«, murmelte sie noch, »und ich ...

liebe ...« Ihre Stimme erstarb bei den letzten Worten.

Nolita zog die Vorhänge zu und verließ das Zimmer. Sie mußte noch Bettwäsche aus dem Leinenschrank holen, damit sie sich im Nachbarzimmer ein Bett richten konnte.

Als sie an der offenen Tür vorbeiging, sah sie jedoch, daß Mrs. Johnson es bereits für sie tat.

»Vielen Dank, Mrs. Johnson«, sagte Nolita. »Das ist nett von Ihnen. Ich bin auch müde; ich schließe nur noch unten die Fenster und gehe dann gleich ins Bett.«

»Das ist vernünftig, Miß, und es ist schön, Sie wieder hier zu haben«, erwiderte Mrs. Johnson.

Ihre Stimme klang so herzlich, daß Nolita lächelnd die Treppe hinunterstieg und die Tür zum Wohnzimmer öffnete.

Sie hatte vorgehabt, die Fenster zu schließen und die Vorhänge zuzuziehen, aber beim Eintreten sah sie, daß jemand mit dem Rücken zum Kaminsims dastand. Ihr Herz machte einen Satz, als wolle es ihr aus dem Leib springen.

Gleichzeitig war ihr zumute, als sei der Raum von tausend Kerzen erhellt.

Da das Haus klein war, wirkte der Marquis größer als sonst. Irgendwie schien es Nolita völlig selbstverständlich, daß er hier war. Sie hatte sich danach gesehnt, sie hatte es erhofft, obwohl sie natürlich nicht gewagt hatte, es in Worte zu fassen. Dann fiel ihr der Grund ein, aus dem er gekommen sein mußte. Sie ging langsam auf ihn zu.

»Bettine ... ist hier!« stieß sie ein wenig unzusammenhängend hervor, »und es geht ihr ... gut.«

»Das dachte ich mir, als ich Red Flag im Stall sah«, antwortete der Marquis.

Er sah den verwunderten Ausdruck in Nolitas Augen und setzte hinzu: »Als ich hier ankam, zeigte mir der alte Mann, wo ich mein Pferd unterstellen könne.«

»Sie sind hergeritten?«

»Von London, gleich nachdem mir am frühen Nachmittag ein Reitknecht die Nachricht gebracht hatte, daß Bettine vermißt werde.«

»Wie haben Sie erraten, daß sie hier ist?«

»Ich fragte, warum Sie nicht mit ihr zusammen seien, und als ich hörte, Sie hätten das Haus ganz früh am Morgen verlassen, konnte ich mir denken, daß Bettine Ihnen gefolgt war.«

Eine Weile herrschte Schweigen. Dann fragte der Marquis: »Warum sind Sie abgereist?«

Für Nolita kam seine Frage überraschend.

Irgendwie hatte sie vorausgesetzt, daß er Bescheid wisse, und jetzt wußte sie nicht, wie sie ihm antworten sollte.

Aber er wartete, und nach einem Augenblick stammelte sie, ohne ihn anzusehen: »Ihre Ladyschaft ... hat mich entlassen.« Das Blut stieg ihr ins Gesicht.

»Warum?«

»Meine ... Unfähigkeit. Ich soll daran schuld sein, daß Bettine ... entführt wurde.«

»War das der einzige Grund?«

Eine Pause entstand. Dann flüsterte Nolita fast unhörbar: »Mr. Farquahar ... kam gestern abend spät ... ins Unterrichtszimmer ... als ich ... zu Bett gehen wollte.«

Die Muskeln des Marquis spannten sich.

»So etwas hätte nie geschehen dürfen! Und ich schwöre Ihnen, daß es nie wieder geschehen wird.«

Nolita blickte plötzlich auf, wandte vor seiner finsteren Miene das Gesicht ab und erklärte schnell: »N-nein ... bitte ... ich darf Ihnen ... keine Ungelegenheiten machen.«

»Und Sie meinen, Sie hätten mir Ungelegenheiten erspart, indem Sie weggingen, ohne mir oder Bettine etwas zu sagen?«

»Ich hatte für Bettine ... einen Brief hinterlassen ... und sie gebeten ... vernünftig zu sein.«

»Wie soll sie ohne Sie zurechtkommen – und wie soll *ich* ohne Sie zurechtkommen?«

Zuerst meinte Nolita, sie müsse sich verhört haben. Dann sah sie den Marquis mit großen, fragenden Augen an. Sehr sanft streckte er die Arme nach ihr aus und zog sie an sich.

»Bettine kann nicht ohne dich leben, Nolita«, sagte er, »und ich kann es auch nicht.«

Behutsam, als fürchte er, sie zu erschrecken, suchten seine Lippen die ihren.

Nolita war so erstaunt, daß ihr gar nicht bewußt wurde, was geschah.

Sie spürte die Lippen des Marquis und seine Arme und seine Nähe und glaubte zu träumen. Sie mußte eingeschlafen sein, ohne es zu merken.

Dann stieg etwas warm und wundervoll wie eine Meereswoge in ihrem Inneren auf, wurde stärker und herrlicher, bis es die Lippen berührte, die der Marquis mit seinem Mund gefangenhielt, und Nolita erkannte: Das hier war die Liebe, die sie gesucht und von der sie geglaubt hatte, sie nie finden zu können.

Dies war die Liebe, und es war so schön und so vollkommen, daß es von Gott zu kommen schien. Dies war eine Liebe, die ihre mit der Musik der Engel singende Seele zum Himmel trug.

Ihre Lippen waren sehr weich, süß und unschuldig. Der Marquis spürte ihre Reaktion, spürte, daß sie sich ihm ergab, und sein Kuß wurde verlangender.

Er drückte sie an sich, und noch fester an sich, bis Nolita wußte, sie brauchte nie mehr allein zu sein oder Angst zu haben, denn von diesem Augenblick an war sie ein Teil von ihm, wie er bereits ein Teil von ihr war.

Endlich hob er den Kopf.

»Ich liebe dich, mein Darling«, sagte er, »und da ich an ein Leben ohne dich nicht einmal denken mag, kann ich dich nur fragen, wann du mich heiraten willst.«

Ihre Augen strahlten wie die aufgehende Sonne. Dann versteckte Nolita das Gesicht an seiner Schulter.

»Ich möchte dich um keinen Preis erschrecken«, sagte der Marquis so leise, daß sie ihn kaum verstand, »aber ich muß mich um dich kümmern, mein Schatz, und es verhindern, daß du jemals wieder solche Angst empfindest wie an deinem ersten Tag in Sarle-Park.«

»Bei dir ... habe ich keine Angst«, wisperte Nolita.

»Ich schwöre dir«, sagte der Marquis, »ich werde dich niemals mehr ängstigen und dafür sorgen, daß es auch niemand anderes tut.«

Nolita blickte zu ihm auf und hielt den Atem an.

Sein Gesicht kam ihr wie verwandelt vor, und in seinen Augen stand ein Ausdruck, den zu sehen sie sich immer gesehnt hatte, weil es der Ausdruck der Liebe war.

»Ich ... liebe dich«, stammelte sie und erkannte, daß es das war, was der Marquis von ihr hatte hören wollen.

Von neuem küßte er sie, küßte sie ein bißchen leidenschaftlicher und doch mit einer Zartheit, als sei sie ein sehr kostbarer Gegenstand.

Die Arme um sie geschlungen, führte er sie zu einem Sofa, auf dem sie sich Seite an Seite niederließen.

»Wir haben so viel zu besprechen, so viel zu planen«, sagte der Marquis, »doch im Augenblick kann ich nichts anderes denken, als daß du mein bist und ich dir nie wieder erlauben werde fortzulaufen.«

»Das ... möchte ich gar nicht.«

»Als ich hörte, daß Bettine vermißt werde und du das Haus sehr früh am Morgen verlassen habest, fürchtete ich im ersten Augenblick, den Verstand zu verlieren«, gestand der Marquis. »Ich wußte nicht, wohin du verschwunden warst, und ich hatte deine Adresse nicht.«

»Tante Katherine hätte sie gewußt.«

»Ich hatte nicht die geringste Absicht, mit deiner Tante oder sonstwem darüber zu reden, was ich für dich empfinde, bevor ich mich von deinen Gefühlen für mich überzeugt hatte.«

»Hast du es nicht ... erraten?«

»Ich wußte, du warst froh, mich zu sehen, als ich gestern auf den Dachboden kam«, antwortete der Marquis. »Aber, so sagte ich mir, in dieser Situation wärst du über das Erscheinen jedes Beliebigen froh gewesen.«

»Ich hatte ... gebetet, du ... würdest kommen.«

»Das hat mir Bettine erzählt, aber es war schließlich auch das Naheliegendste, daß *ich* mich um die Rettung meines Kindes kümmerte.«

Nolita zögerte einen Augenblick, bevor sie gestand: »Als du mir ... deine Hand entgegenstrecktest und ich ... sie ergriff, erkannte ich, daß ich dich liebe ... daß ich dich schon vorher geliebt haben mußte ... ohne mir dessen bewußt zu sein.«

»Das wollte ich hören«, lächelte der Marquis. »Wie ich bereits sagte, wollte ich dich um keinen Preis erschrecken, und ich fürchtete heute morgen, daß dies der Fall sein könnte.«

»Ich wäre ... niemals fortgegangen, wenn deine Mutter ... es mir nicht befohlen hätte.«

Der Marquis zog sie enger an sich.

»Ich bin schon seit langer Zeit zu dem Schluß gelangt, daß die Art, wie meine Mutter ihr Leben führt, für das Ausland passender wäre als für England. Wenn ich morgen nach Hause zurückkehre, werde ich sie auffordern, sofort nach Monte Carlo zu fahren, wo sie immer gern eine Villa gehabt hätte.«

»Ich möchte ... sie nicht ... vertreiben.«

»Darum geht es nicht«, erwiderte der Marquis, »und wie ich sie kenne, wird sie mit Vergnügen abreisen. Sie haßt das Landleben. Und dann, mein Schatz, werden wir heiraten, und zwar bald.«

»Bist du sicher ... ganz sicher, daß ... du mich willst?« fragte Nolita. »Ich ... liebe dich, aber ... wenn du willst, bleibe ich ... bei Bettine als ihre ... Gesellschafterin.«

Der Marquis lachte leise.

»Meinst du wirklich, das wäre mir genug? Ich möchte dich als *meine* Gesellschafterin haben und vor allem als meine Frau.«

Er hob ihr Gesicht an, blickte in ihre Augen und fragte: »Was ist das nur, das dich von jeder anderen Frau, die ich je kennengelernt habe, so unterscheidet?«

Er ließ seine Lippen über ihre weiche Haut gleiten, bevor er hinzufügte: »Es ist nicht nur deine Schönheit, obwohl sie mich bezaubert hat, es ist nicht nur die originelle Art, wie dein Verstand arbeitet, es sind nicht nur die Ideen, die mich entzücken.«

Er küßte ihre Stirn.

»Ich glaube, es sind die Reinheit deiner Seele und die Güte, die von dir ausströmt. Beides hält mich seit dem ersten Abend gefangen, als wir miteinander sprachen und ich versuchte, dir die Angst zu nehmen.«

»Wie kannst du ... mir so wundervolle ... Dinge sagen?«

»Sie sind wundervoll, weil du wundervoll bist«, flüsterte der Marquis. »Du, mein Darling, hast mein Haus bereits so verändert und verwandelt, daß ich kaum glauben kann, es ist noch das gleiche.«

»Das habe... ich getan?«

Nolita sah ihn erstaunt an, und er versicherte: »Du hast meine Tochter aus einem Problemkind zu einem kleinen Mädchen verändert, das ich liebe und mit der Zeit immer mehr lieben werde. Du hast mir zu Bewußtsein gebracht, daß ich nicht nur mein Benehmen, sondern auch mich selbst bessern muß, und immer, wenn ich dich sehe, ist mir, als gebest du jedem und allem, mit dem du in Kontakt kommst, Licht, Kraft und einen neuen Begriff von Schönheit.«

Nolita schrie leise auf.

»Jetzt... erschreckst du mich wirklich!« stieß sie hervor. »Wie kann ich... so sein? Wie kann ich... deine Erwartungen... jemals erfüllen?«

»Die Antwort darauf ist«, erwiderte der Marquis, »daß du es gar nicht erst zu versuchen brauchst. Sei nur du selbst. Oh, mein Darling, welch ein Glück habe ich gehabt, daß ich dich gefunden habe!«

Wieder küßte er sie, bis ihr zumute war, als trage er sie zu den Sternen empor, die jetzt am Nachthimmel glitzerten.

Es war eine so leuchtende, eine so mit Licht erfüllte Nacht, und sie hatte das Gefühl, daß ihre Liebe die ganze Welt erhellen könnte.

Nach langer Zeit sagte der Marquis mit einer Rücksichtnahme, die sie nicht erwartet hatte: »Ich muß dich ins Bett schicken, mein Darling, denn du wirst sehr müde sein.«

»Und was ist... mit dir?«

Er lächelte ihr zu.

»Du weißt ja, daß es höchst unschicklich wäre, wenn ich hierbliebe. Aber ein Freund von mir wohnt in der Nähe von St. Albans, und er wird mich gern für eine Nacht aufnehmen. Zwar wird er überrascht sein, daß ich so spät komme, aber ich werde mir eine passende Ausrede zurechtlegen.«

»Und... morgen?« fragte Nolita scheu.

»Morgen kehre ich nach Sarle zurück. Bettine lasse ich für die nächsten zwei oder drei Tage bei dir. Ich werde ein paar Dienstboten schicken, die dir hier helfen sollen. Dann, wenn das Haus fertig ist und ich die Heiratspapiere habe, komme ich und hole dich heim.«

Bei dem letzten Wort machte Nolitas Herz einen Sprung. Ein bißchen nervös sagte sie: »Du hast schon ... alles geplant. Bist du ... ganz sicher, daß ... du das Richtige tust?«

»Es ist das Richtige für mich«, antwortete der Marquis, »und, mein Darling, ich bin bereit, den Rest meines Lebens darauf zu verwenden, dich zu überzeugen, daß es auch für dich das Richtige ist. Wir werden ein Leben führen, das ganz anders als mein bisheriges Leben sein wird. Und ich glaube, was sich Bettine mehr als alles andere wünscht, ist, Mitglied einer Familie zu sein. Diesen Wunsch müssen wir ihr erfüllen.«

»Ich habe ... auch schon gedacht, sie müsse ... mit anderen Kindern zusammensein«, stimmte Nolita zu. Dann erkannte sie, daß es nicht genau das war, was der Marquis gemeint hatte, und errötete.

Sie wollte ihr Gesicht schüchtern an seiner Schulter verstecken, aber er hinderte sie daran – und seine Lippen dicht an den ihren sagte er: »Ich habe dir so viel zu erzählen, mein Schatz, dich so viel zu lehren, und ich kenne jetzt das Geheimnis der Macht, die du über Kinder und Tiere und, ich gestehe, auch über mich hast.«

»Was ist das?« fragte Nolita, da er es offenbar erwartete.

»Die Antwort ist sehr einfach. Es ist etwas, worauf du dich instinktiv verstehst – man nennt es Liebe!«

Da er seine Worte mit einem Kuß besiegelte, konnte Nolita ihm nicht sagen, daß er recht habe.

Liebe war es, was sie sich gewünscht und was Bettine gefehlt hatte, die Liebe, die alles schön macht und die Häßlichkeit, vor der sie sich ängstigte, hinwegfegt.

Liebe war es, was durch ihren Körper pulsierte und jeden Nerv in Ekstase versetzte.

Es war so wundervoll und so vollkommen, daß es zwischen ihnen beiden vibrierte und die Erde und den Himmel füllte.

Die Lippen des Marquis wurden fordernder, leidenschaftlicher, aber Nolita fürchtete sich nicht.

Sie wußte, dies war Liebe in ihrer ganzen Herrlichkeit, und obwohl sie ihm gern gesagt hätte, daß sie ihn liebte, war das gar nicht notwendig.

Sie waren bereits Teil voneinander, und es gab keine Schwierigkeit, keine Angst, die sie nicht gemeinsam überwinden konnten.

»Ich liebe dich!« jauchzte Nolita immer wieder in ihrem Herzen, und eine kleine weiße Taube schwang sich empor zu Gott, als sie hinzufügte:

»Lieber Gott, ich danke dir, daß du mir die Liebe geschenkt hast.«